Son Rüya

Bir Kabus

Translated to Turkish from the English version of

Last Dream

Dr. Ankit Bhargava

Ukiyoto Publishing

Tous les droits de publication mondiaux sont détenus par
Ukiyoto Publishing
Publié en 2023
Copyright du contenu © Dr. Ankit Bhargava
ISBN 9789360163358

Tous droits réservés.
Aucune partie de cette publication ne peut être reproduite, transmise ou stockée dans un système de recherche, sous quelque forme que ce soit, par quelque moyen que ce soit, électronique, mécanique, photocopie, enregistrement ou autre, sans l'autorisation préalable de l'éditeur.
Les droits moraux de l'auteur ont été revendiqués.

C'est une œuvre de fiction. Les noms, les personnages, les entreprises, les lieux, les événements, les localités et les incidents sont soit le produit de l'imagination de l'auteur, soit utilisés de manière fictive. Toute ressemblance avec des personnes réelles, vivantes ou décédées, ou des événements réels est purement fortuite.

Ce livre est vendu sous réserve de la condition qu'il ne soit pas, par voie de commerce ou autrement, prêté, revendu, loué ou autrement diffusé, sans le consentement préalable de l'éditeur, sous une forme de reliure ou de couverture autre que celle dans laquelle il a été publié.

Bu Kitap tüm sevgililere adanmıştır

Şerefe!!!

ÖNSÖZ

Herkesin hayatında er ya da geç, umutsuzca gerçekleştirmek istediği bir hayali vardır. Gördüğünüz, uğruna gerçekten çok çalıştığınız, karşılığını aldığınız bir hayal ama tek bir kişi onu gözlerinizin önünde nasıl yok ediyor. Şaşırıyorsunuz, bocalıyorsunuz, ne olduğunu anlayamıyorsunuz. Hayat hızlı bir şekilde ilerliyor. Hayalinizin paramparça oluşunu izliyorsunuz, onu kurtarmak için her şeyi yaptınız ama ne yazık ki başka seçeneğiniz yok ve Tanrı, zaman ve o kişi sizinle oynuyor ve sizi santim santim yok ediyor. Sonuçta diyor ki:

"Aşk, birine sizi incitecek gücü vermek ve incitmemesini ummaktır".

Bu hikaye Ankit ve Kriti'nin etrafında dönüyor. Bu hikaye size onun hayalleri hakkında bir fikir verecek, bunu başarmak için kararlılığını, sıkı çalışmasını ve deliliğini tanıyacaksınız. Ankit'in uzun zamandır arzuladığı bir hayal, birkaç gün sonra gerçekleştiğinde, hayatı için en büyük kabusa dönüşür ve onu tamamen yok eder.

Umarım hepiniz beğenirsiniz. Mutlu okumalar!!!

Teşekkür

Öncelikle aileme, arkadaşlarıma ve akrabalarıma bana inandıkları ve bu kitabı yazmam için beni cesaretlendirdikleri için en içten teşekkürlerimi sunarım.

Ayrıca tüm okuyucularıma çalışmalarıma güvendikleri ve okudukları için minnettarım.

Kısa süre içinde hepinize farklı konularda okuyabileceğiniz kaliteli şeyler sunmak için elimden gelenin en iyisini yapmaya çalışacağım.

Şimdiden, ilk çalışmam olduğu için yazımda herhangi bir hata veya hata bulursanız herkesten özür dilerim, ancak zamanla tüm okuyucuların desteğiyle çalışmamı geliştirmeye devam edeceğime söz veriyorum.

"Körü körüne, gerçekten sevin ama pratikte güvenin."

Çok teşekkür ederim. Hepinizi seviyorum!

İÇİNDEKİLER

KIZ KARDEŞIMIN EVLILIĞI	1
ARKADAŞLIK	5
İLK TOPLANTI	10
ZORLU DÖNEM	17
YEĞEN TÖRENI	20
KRITI'NIN DOĞUM GÜNÜ	24
NIHAI KARAR	32
EN MUTLU AŞAMA	40
DÜĞÜN GÜNÜ	49
BALAYI DÖNEMI	52
RÜYA YOK EDILDI	61
YAZAR HAKKINDA	70

Dr. Ankit Bhargava

KIZ KARDEŞİMİN EVLİLİĞİ

Onunla ilk kez kız kardeşimin düğününde tanıştığımda staj yapıyordum. Eniştemin ailesinin otele geldiği gün, bir sürü yaşlı insan arasında 24 yaşlarında görebildiğim tek kız oydu.

Gözlerim ipeksi saçları, mavi gözleri, bakımlı fiziği, sevimli gülümsemesiyle o güzel yüze takıldı ve herkes "ipeksi" "ipeksi" diye bağırıyordu. İnsanların ona sevgiyle hitap ettiği kısa adını bu şekilde öğrendim ama yine de gerçek adından habersizdim ve onunla konuşmaya nasıl başlayacağımı düşünüyordum.

İçimde bir yerlerde, bu kız bana göre değil, bu fikri bir kenara bırakalım diye düşündüm; yüzü tavır doluydu, bu yüzden onunla konuşmaktan yeterince korktum.

Kalbim ve zihnim arasında bir sürü şey gidip geliyordu. Sonunda bu fikirden vazgeçtim ve evlilik hazırlıklarıyla meşgul oldum. Zihnimin bir kısmı hala onun cazibesini ve güzelliğini düşünmeden edemiyor.

Gelinin erkek kardeşi olarak her yerde aranıyordum, küçük şeyler için bile insanlar benden yardım istiyordu. Sıcak bir yaz günüydü, 46 derece sıcaklık ve lobideki odasının önünden geçiyordum, annesiyle birlikte kaldığı yerde kalp atışlarım hızlandı, birden arkadan güzel bir ses duydum; "affedersiniz" dedim: "Evet."

Dedi ki: "Susadım ve burada kimseyi tanımıyorum, benim için biraz su ayarlayabilir misiniz lütfen?"

İlk kez küçük bir sohbetimiz olmuştu ve o konuşurken ben tamamen onun içinde kaybolmuştum. Kalbim gittikçe daha hızlı çarpıyordu. Kendimi kontrol ettim ve kendime geldim ve şöyle dedim: "Elbette, senin için bir şeyler ayarlayacağım."

O da cevap verdi: "Teşekkür ederim."

Bu konuşmayı uzatmak istedim, böylece onun güzel yüzünü görmek için daha fazla zamanım olacaktı, bu yüzden dedim ki: "Bu arada, ben Ankit."

O da cevap verdi: "Biliyorum, sen yengenin kardeşisin, değil mi?".

Ben de cevap verdim: "Evet, peki ya sen?"

Dedi ki: "Kriti Sharma."

Dedim ki: "Tanıştığımıza memnun oldum" dedim ve başka düzenlemeler yapmam gerektiğini söyleyerek yoluma devam ettim: "Tamam, senin için su ayarlayacağım, sonra görüşürüz."

Gülümsedi ve odaya girdi. Hemen garsona onun yerine su servisi yapmasını söyledim, bulutların üzerindeydim ve oradan ayrıldım ama kalbim sadece otelde kaldı;-)

Aynı günün akşamı Kriti annemle konuşuyor ve ona kendinden bahsediyordu. Birden onu gördüm, onunla konuşabileceğim mükemmel bir şans olsa da, aniden konuşmaya atladım ve sonra biri annemi aradı ve ikimiz de yalnız konuşuyorduk. Tartışmamız:

Ankit: Peki, ne iş yapıyorsun?

Kriti: B.Com ve Airhostess eğitimi diplomamı tamamladım ve havayolları sektöründe bir iş arıyorum.

Ankit: Bir arkadaşımın babası bir havayolu şirketinde iyi bir görevde, istersen sana daha iyi iş olanakları konusunda yardımcı olabilirim.

Kriti: Neden olmasın! (gülümsedi)

Ankit: Bana özgeçmişini gönder. Ona ileteceğim.

Kriti: İletişim numaranız ve e-posta kimliğiniz nedir?

(Sonunda numaralarımızı değiş tokuş ettiğimiz için çok mutluydum). İletişim bilgilerimi ve e-posta kimliğimi verdim, birbirimize gülümsedik ve aniden evlilikle ilgili tüm ritüeller başlarken biri beni aradı.

Ankit: Tamam, seninle tanışmak güzeldi. Seninle daha sonra konuşacağım.

Kriti: Ya tabi.

(Bundan sonra ikimiz de sahneye doğru ilerledik. Ben kuzen kardeşlerimle birlikte ritüeller ve diğer düzenlemelerle meşguldüm, o ise annesiyle birlikte sahneye yakın bir yerde oturuyordu).

Tüm evlilik ritüelleri iyi gitti ve kız kardeşim yeni evine gitti ve tüm akrabalar ve diğer insanlar evlerine gitti, ben de öyle.

Kriti'ye hoşça kal deme şansım olmadı ama bir yerde numarasını aldığım ve onu her zaman arayabileceğim için mutluydum.

Hepimiz kendi evlerimize gittik ve ben de stajımı yaptığım Rohtak'a geri döndüm ve tekrar hastaneme katıldım.

ARKADAŞLIK

Zaman geçti ve on gün sonra bile özgeçmişini alamadım. Bu yüzden onu aramayı düşündüm ama aynı gün cep telefonumu bir yerde kaybettim ve onun telefon numarasını da kaybettim.

Bu benim için trajik ve acı verici bir hareketti ve onunla nasıl iletişime geçeceğimi düşünüyordum.

Kız kardeşimden yardım bile isteyemiyorum çünkü kimse aklımdan neler geçtiğini bilmiyor. Çok korkmuştum ve ağlayacak gibi hissediyordum ve Tanrı'ya onun numarasını bulabileceğim bir sihir yapması için dua ettim.

İki gün sonra aniden ondan şöyle bir mail aldım:

"Sevgili Ankit,

Sizi aramaya çalışıyordum ama telefonunuza ulaşılamıyor. Bu e-postayı alır almaz beni arayın; özgeçmişimi de ekledim".

E-postayı okuduktan sonra gülümsüyordum ve numarasını geri aldığım için çok mutluydum. Tanrı'ya şükrettim.

Vakit kaybetmeden onu aradım:

Ankit: Merhaba, Kriti. Nasılsın? (Heyecandan kalp atışlarım daha hızlı ve yüksek)

Kriti: Ben mükemmelim, peki ya sen?

Ankit: Telefonum kaybolduğu ve yeni bir cep telefonu getirdiğim ve açıkçası numaranızı da kaybettiğim için aramanızı kaçırdığıma sevindim ve çok üzgünüm.

Kriti: OH!!! (Bir süre sessiz kalır) Peki, sorun değil.

Ankit: Ee, hayat nasıl gidiyor?

Kriti: İyi gidiyor

(İkimiz de bir süre sessiz kaldık ve sonra)

Ankit: Tamam, özgeçmişinizi arkadaşımın babasına ileteceğim, sonra bakalım?

Kriti: Tamam, olur. Hoşça kal, kendine iyi bak.

Daha fazla konuşmak istememe rağmen gerginlikten konuşamıyorum. Özgeçmişimi arkadaşımın babasına gönderdim ve ondan rica ettim, lütfen amca bir şeyler yap, bu bir sevgi ve gurur meselesi.

Elinden geleni yapacağına dair bana güvence verdi, çünkü ona olan hislerimden de bahsetmiştim.

Hayat devam ediyor, günler geçiyor, sonra bir gün aniden telefonum çaldı. Kriti'nin telefonuydu.

(Aman Tanrım!! Bulutların üzerindeydim ve kalp atışlarım yeniden hızlandı ve gürledi).

Kendimi kontrol ettim ve onun aramasını açtım:

Ankit: Merhaba, nasılsın?

Kriti: Çok heyecanlıyım. Tahmin et ne oldu? (Zıplıyor ve gülüyordu)

Ankit: Ne?

Kriti: Hint havayollarında işe girdim ve hepsi senin sayende oldu. Çok teşekkür ederim.

Ankit: Vay canına! Harika bir haber! Parti zamanı ve bana teşekkür etme, ben bir şey yapmadım, biz arkadaşız değil mi, bu yüzden arkadaşlıkta, teşekkür yok, özür yok. (Ben de gülümsüyordum)

Kriti: Hayır! Hayır! Hayır! Hayır! Hepsi senin yüzünden! Çok mutluyum ve hayatım boyunca hiç bu kadar gülmemiştim. Son 6 aydır bu iş için mücadele ediyordum ve senin sayende birkaç gün içinde oldu.

(Yüzünün ne kadar güzel görüneceğini çok iyi hayal edebiliyorum). O zamanlar ne görüntülü arama ne de WhatsApp vardı. Cep telefonları da basit modellerdi ve sadece arama yapmak ve mesajlaşmak için kullanılıyordu.

Onu kollarıma almak istiyordum ama ne yazık ki çok uzaktaydım...:-))

Günler geçti, ikimiz de kendi işlerimizle meşguldük. Arada bir, birkaç kez telefonda küçük sohbetler yapıyorduk. Bu arada, stajım tamamlandı ve yüksek lisansıma kabul edildim.

Bangalore'a taşındım. Yine de kalbim onun için çarpıyordu. Aralık ayıydı, telefon rehberimi kontrol ediyordum, kaydırma yaparken aniden Kriti'nin numarası yanıp söndüğünde durdu,

(Konuşmadığımız o kadar çok gün geçti ki)

Ben de onu aradım ama açmadı. Meşgul olabileceğini düşündüm, bu yüzden telefonumu bıraktım ve işime odaklandım.

Gece saat 1 sularında telefonum çaldı. Yarı uykulu bir haldeydim ve aramaya biraz sinirlenmiştim.

(Sinirle bu sefer kim arıyor, ne oluyor), telefonumu gördüğümde Kriti arıyordu........

Oh!! Tanrım yataktan fırladım, tüm tembelliğim gitti, çok mutluydum ve yine kalbim hızla çarpmaya başladı, iyi kontrol ettim ve aramayı açtım:

Ankit: Hey! Selam, nasılsın?

Kriti: Merhaba, ben iyiyim. Aramanı kaçırdığım için üzgünüm. Ofisteydim ve eve yeni döndüm. Ofiste telefon kullanmak yasaktır, bu yüzden cevapsız çağrınızı görür görmez hemen aradım.

Ankit: Önemli değil. Bu kadar geç mi geldin? (merakla sordu)

Kriti: Evet, ABD vardiyasında çalışıyorum, bu yüzden bugün erken geldim; genellikle sabah 4 civarında geliyorum.

Ankit: (Şaşırmış) Oh !!

Kriti: Uyudun mu? Seni rahatsız mı ettim?

Ankit: Hayır! Hiç de değil.

(Bu konuşma 4 saat sürdü ve birbirimizin ailelerini, geçmişlerimizi, eğitimimizi vb. konuştuk)

Tüm bu konuşma sırasında, anne ve babasının boşanmış olduğunu ve çocukluğundan beri hayatının sorunlarla dolu olduğunu öğrendim. Buna ek olarak, yakın zamanda dört yıllık ilişkisinden de ayrılmış. Tesadüfe bakın ki ben de 07 yıllık olgun ilişkimden aynı şekilde ayrılmıştım. Bir yerlerde ona karşı biraz sempati duymaya başladım. Aynı zamanda kalbim de onun için çarpıyordu.

Yani, ikimiz de travmatik duygusal evremizden geçiyorduk. İkimizin de birbirimizin sevgi dolu desteğine ihtiyacı vardı.

Belki de tanışmamızın sebebi buydu.

"Hayatımızda karşılaştığımız her insanın arkasında bir neden olması gerektiğini hissediyorum."

Gece gündüz onu düşünmeye başladım. Güzel yüzü beni hiç yalnız bırakmıyor. Günler geçtikçe sohbetimiz uzuyor, hatta bazıları 12-18 saat sürüyor.

Bir yerlerde birbirimize bağlandığımızı biliyordum çünkü her sırrımızı, düşüncelerimizi, üzüntülerimizi, mutluluklarımızı paylaşmaya başlamıştık.

Kendimi hiç bu kadar özgüvenli, mutlu hissetmediğim zamanlardı ve sanki başka bir hayal dünyasındaydım. Üstelik şirinliği, melek gibi güzel yüzü beni her geçen saniye daha da heyecanlandırıyordu.

İLK TOPLANTI

Neredeyse dokuz ay geçti; şimdiye kadar sadece telefonla konuşuyorduk ve birlikte olduğumuz saatler oluyordu. Şimdi, umutsuzca onu görmek istiyordum. Uzun zaman oldu.

(Onu kollarıma almak, öpmek istedim).

Ben de yüksek lisansımı tamamlamıştım ve Bangalore'da bir işe girmiştim, bu yüzden ona bir gün buluşalım ve birlikte bir gün geçirelim diye ısrar ettim.

(Belki o da benimle tanışmak istiyordu).

Tamam dedik, bu hafta sonu Delhi'de buluşacağız. Dün gece buluşma gününden önce kendime çeki düzen verdim çünkü kız kardeşimin evliliğinden sonra onunla ilk kez buluşacaktım. Buluşma günü geldi çattı. Mart ayıydı, buluşma gününde onunla tanışacağım için çok mutlu ve heyecanlıydım ve aynı şeyi onun tarafından da bekliyordum.

Sabah ilk uçağıma yetişmem gerektiği için saat 1 gibi erkenden uyandım, evimden havaalanına arabayla 20 dakika vardı ve mümkün olduğunca erken ulaşmak istedim, geç kalmak istemiyordum. Hayatımın aşkıyla daha fazla zaman geçirmek istiyordum.(Onu göreceğim için çok heyecanlıydım, hiçbir şey düşünemiyordum bile, aklım onun düşünceleriyle doluydu. Bu kadar enerjiyi nereden alıyordum bilmiyorum)

Chandini adındaki kuzenini aradı: Chandini ve erkek arkadaşı Raj'ı da. Hepimiz buluşma noktasına tam zamanında geldik; uzun zamandır beklediğim o güzel an gelmişti, Chandini çekçekten indi ve ben ona ilk bakışı attım,

(Aman Tanrım! Kalbim o kadar hızlı ve yüksek sesle atıyordu ki donup kaldım).

Sürekli ona bakıyordum; mavi bluzu ve kot pantolonuyla çok güzel ve hoş görünüyordu.

O gün saçlarını midilli şeklinde bağlamıştı,

(Midilli giyen kızlar beni her zaman büyüler, yukarıda, güzel gözleri, yuvarlak ve parlayan yüzü, ipeksi ve açık kahverengi saçları, keskin yüz hatları, iyi korunmuş sıcak ve seksi figürü ve yumuşak pembe kalın dudakları var).

Onu sürekli izlemekten kendimi alamıyordum ve güzelliği karşısında kendimi kaybediyordum.

Birden bir ses araya girdi: "Jiju" (şok oldum ve kendime geldim), bu Chandini'ydi.

Dedim ki: Ne? Az önce ne dedin sen? (Kızarmıştım ve içten içe çok mutluydum).

Chandini: Kaybettiğin bir şey yok. Ahem Ahem!! (benimle dalga geçiyordu).

(Chandini ve Kriti'nin de yakın arkadaş olduklarını biliyorum, sanırım o da benimle aynı hislere sahip ve belki de benim hakkımda ona çok şey anlatmıştır).

Dördümüz önce bir film izlemeye gittik. Sinema salonunda önce o benim yanıma oturdu, sonra da Chandini ve erkek arkadaşı. Chandini'nin beni rahat ettirmeye çalıştığını ve aynı zamanda bize biraz mahremiyet vermek istediğini hissettim (belki o da aynısını istiyordu........ ha!ha!).

Tüm dikkatim onun üzerinde ve dudaklarındaydı. Ne zaman gülümsese, içimde bir fırtına koptuğunu hissediyordum.

(O anda onu ellerimle tutmak istedim. Yanaklarını sıkmak, pembemsi dudaklarını öpmek istedim. Bunlar sadece düşüncelerimdeydi).

Dahası, aptallığım yüzünden onu kaybetmek istemiyorum, onun da bana karşı hislerinden emin değilim.

Bu arkadaşlığın bozulmasını istemediğim için kendimi kontrol ettim.

Filmde kendi dünyamla meşgulken ve ona bakmaya devam ederken, aniden bana doğru gördü; o kadar korktum ki yüzümü diğer tarafa kaydırdım. Şaşırtıcı bir şekilde, diğer yandan Chandini ve Raj bana bakıyordu ve herkes gülümsüyordu.

(Kızarmıştım ve aynı zamanda utanmıştım).

Chandini: (Tekrar bacağımı çekmeye başladı), ne Jiju!!!, filmi izle, kız kardeşim Kriti'yi değil (Gülümsedi).

Ankit: Ya, ben sadece filmi izliyorum. (Gözlerimi kırpıştırdım ve gülümsedim.)

Sonra tepkisini görmek için Kriti'ye doğru baktım ve o da gülümsüyordu. (Sanırım o da benim ondan çok hoşlandığımı ve ona deli gibi aşık olduğumu fark etti ve belki de anladı).

Filmden sonra sinema salonuna yakın bir lunaparka gittik, burada onun su gezintilerine olan çılgınlığını ve aynı zamanda iyi bir yüzücü olduğunu öğrendim. Birlikte bazı geziler yaptık.

(Tüm zaman boyunca onun içindeydim ve zamanımın her saniyesinin tadını çıkarıyordum).

Akşam saat 6 civarında yağmur dansı yapılacaktı; yağmur dansı programı için yeterli zamanımız vardı. Sabahtan beri hiçbir şey yememiştik. Öğleden sonra geç olmuştu ve hepimiz açlıktan ölüyorduk, bu yüzden yakındaki restorana gittik ve biraz yemek sipariş ettik. Yemek yerken Chandini sürekli bana bakıyor ve her hareketimi not ediyordu.

Bunu yaptığını görünce sordum: Hey, ne oldu?

Chandini: (Eğlenceli bir havada) hiçbir şey, jiiijjjjuuuu ve bana kurnazca bir gülümseme verdi.

Kriti'nin Chandini'ye büyük gözler gösterdiğini gördüm; sanki bana bir şey bilmek istemiyor gibi görünüyordu.

Şimdiye kadar onun da benim gibi düşünüp düşünmediğinden yarı yarıya emindim ama bu olaydan ya da ipucundan sonra onun da içinde bir şeyler olduğunu anladım.

Belki de geçmiş deneyimlerinden dolayı beni kaybetmekten veya yeni bir ilişkiye başlamaktan korkuyor.

Aynı zamanda onun duygularını da merak ediyordum, ona doğrudan soramıyorum, belki kızıyordur.

(Oluruna bırakmayı düşündüm, ne olacaksa olsun. Onunla yavaş gidelim).

Hepimiz yemeğimizi bitirdiğimizde saat 17.30 olmuştu ve program başlamak üzereydi, bu yüzden hepimiz mekana koştuk; oldukça iyi bir ambiyansı var, gürültülü DJ, çok sayıda çift. Düzenlemeler bizi büyüledi.

Saat tam 6'da program başladı ve hepimiz dans ediyorduk, üzerimize su yağıyordu ve yüksek sesli romantik şarkılar hepimizi hem terden hem de sudan ıslatıyordu. Kriti'ye baktım.

Islak kıyafetleri, pembemsi dudakları, tamamen ıslanmış açık saçları içinde mükemmel şekilli sıkı vücudu ile çok güzel, seksi ve ateşli görünüyordu.

(Açıkçası, beni tahrik etti, ama kontrol ettim)

Müzikten çok, onunla dans etmekten keyif alıyordum.

(ilk kez dans ederken onu kollarıma aldım, iki elim belindeydi, o kadar yakındık ki kalp atışlarını ve hızlı nefes alışını dinleyebiliyordum, bu duygu inanılmazdı).

Dans ederken gözlerinin içine baktım, utangaç olduğunu ve duygularını ifade edemediğini görebiliyordum, ama duygularını, ne kadar mutlu olduğunu ve günün tadını çıkardığını hissedebiliyordum.

Saat 7.30'du, gece 2 civarında bir ofis vardiyası olduğu için akşam 9'dan önce pansiyonuna ulaşması gerekiyordu, bu yüzden hepimiz kıyafetlerimizi değiştirdikten sonra lunaparktan pansiyonuna doğru yola çıktık, ki bu 10 km idi.

Bir otomatik çekçeke bindik ve yaklaşık 30 dakika içinde hostele ulaştık. Yurduna yaklaştığımız anda kalbim gözyaşlarıyla dolmaya başladı. Kendimi çok kötü kontrol ediyordum çünkü bu anın geçip gitmesini istemiyordum. Zamanı durdurmak istedim. Onunla daha fazla kalmaya çalıştım.

Bildiğiniz gibi zaman hiç kimse için durmaz, öyle de oldu.

Hepimizin ayrılması ve kendi evlerimize doğru hareket etmemiz gereken o üzücü an gelmişti.

Ben de içim burkularak Kriti ve Chandini'ye sarıldım ve onlarla vedalaştım, sabah erkenden kalkan uçağımla evime dönmek üzere havaalanına gitmek üzere taksiye bindim.

(Bir yerde Chandini ve ben duygusal olarak da bağlandık çünkü ikimizin de benzer doğası var. Ben de ondan hoşlanmaya başladım, bilirsiniz jija- saali ilişkisi...sevgi dolu & Masti .....hehe).

Havaalanına giderken, cep telefonumu çıkardım ve kulaklığımı taktım ve romantik müzik dinlemeye başladım, tüm yolculuk boyunca onu düşünüyordum, içten içe ağlıyordum çünkü onunla bir daha ne zaman buluşacağımı bilmiyordum.

Sonra aniden Kriti'den bir mesaj aldım:

"Günümü özel kıldığın için teşekkür ederim; hayatımda hiç bu kadar mutluluk hissetmemiştim. Chandini'nin de seni çok sevdiğini biliyorsun... (Gülümseme)"

(Bu mesajdan sonra çok mutlu oldum, kızardım ve gülümsedim).

Cevap verdim (flört eder gibi): "Sen bile günümü güzelleştirdin ve kendimi sana daha bağlı hissettim.

O kadar güzel görünüyordun ki sana bakmamak için kendimi zor tuttum. Chandini'yi de çok sevdim. Sanırım harika bir bağ kuracağız".

Kriti cevap verdi: "Gerçekten!! (gülen yüz). Peki, şimdi işine odaklan. Hehe".

(Sabah evime ulaştım ve üniversitem için hazırlandım. Güzel ve unutulmaz bir günün sonuydu).

ZORLU DÖNEM

Önümdeki zorluk güven geliştirmek ve onu tekrar aşık etmekti çünkü çocukluğundan beri ebeveynleri arasında çok şey görmüş ve sonra bir erkek arkadaşıyla ayrılmıştı, tüm bu olaylar onu tamamen kırdı, birine tekrar güvenmesi ve aşık olması zordu. Evlilik fobisi de geliştirmişti.

Meydan okumayı kabul ettim ve 7 gün 24 saat onunla birlikte olmayı hayal etmeye başladım. Belki de onu çok derin ve saf sevmeye başladım.

Ben her zaman yaratıcı ve benzersiz bir şeyler yapmayı seven çok romantik ve şefkatli bir adamım.

Bu benim aşkımdı, bu yüzden açıkçası aşkımın onu şaşırtması için birçok şey yapmam gerekiyordu.

Ben de yüzündeki inanılmaz gülümsemeyi görmek için onun için aynısını yapmaya başladım.

Bir ya da daha sonra bazı sağlık sorunları yaşamaya başladığında Mayıs ayıydı, her zaman hastalanıyordu, bu nedenle işi bıraktı ve memleketine geri döndü ve yüksek lisansına kabul edildi. Ancak yine de düzenli olarak telefonla iletişim halindeydik.

Şu an itibariyle herhangi bir iş yapmıyordu, bu nedenle telefonda giderek daha fazla zaman geçirmeye başladık. Günde ortalama 4-8 saat, hatta 18 saat aralıksız telefonda görüşme rekorumuz vardı.

İşim düzenli olmadığı için konuşacak bolca vaktim de vardı, dahası açıkçası o zamanlar benim için işimden bile daha önemliydi.

Onunla sürekli flört ediyor ve hislerimi ona anlatıyordum ama yine de her seferinde gelişigüzel cevaplar veriyordu.

Düzenli mektuplar yazmaya başladım. Yüzünde bir gülümseme olması için el yapımı kartlar ve kendi yazdığım romantik şiirler gönderiyordum.

(Tabii ki onu etkilemek için de. Hehe!!. Ne yaparsam yapayım, bu sıkı çalışmanın karşılığını ileride alacağımdan emindim ve bugüne kadar kimse onun mutluluğu için bu kadar çok şey yapmamıştı).

Niyetim asla karşılığında bir şey almak değildi. Kriti'nin mutlu olması ve gülümsemesi için elimden gelen her şeyi yapıyordum, onun mutluluğu için elimden ne geliyorsa yapmalıydım.

Mektuplarım ve kartlarım bile onu çok sevdiğimi gösteriyordu. Belki o da bu fikre kapılmıştır, umarım öyle olur.

Ayrıca Casio ile onun en sevdiği şarkıları söyler, çalar, kaydeder ve cep telefonuna gönderirdim.

O zamanlar ailem de benim için bir kız arıyordu. Zaten 27 yaşındaydım; evlenme baskısı vardı.

(İçimde bir yerlerde bir gün bana evet diyeceğini biliyorum)

ama onun korkuları, algıları vs. ile savaşmam gerekiyor.

Kız kardeşim ve ben çok yakındık, bu yüzden ona hislerimden bahsettim ve o aileyi oldukça yakından tanıyor, ama yine de her zaman Kriti'nin bir arkadaş olarak uygun olduğunu ama bir hayat arkadaşı olarak iyi olmadığını söylüyor.

Açıkçası, aşkta kördüm, bu yüzden onu hiç dinlemedim ve hatta bazen hararetli tartışmalarımız ve kavgalarımız oldu.

Ondan hoşlanmadığını, bu yüzden onunla evlenmemi istemediğini düşünmeye başladım.

(Ama haklıymış, bunu hayatımın ilerleyen dönemlerinde öğrendim).

YEĞEN TÖRENI

Her neyse, günler geçti, kız kardeşimin oğlunun ilk etkinliğiydi, bu yüzden Haridwar'ı (onun da ait olduğu bir yer) ziyaret etme şansım oldu.

Onunla tekrar buluşacağım için çok heyecanlıydım ve son görüşmemizden bu yana aramızda pek çok şey gelişti.

Etkinlik günü umutsuzca onun gelmesini bekliyordum. Etkinliğin başlamasının üzerinden 2 saat geçmişti ama o henüz gelmemişti.

Çok sabırsızlanıyordum ve gergindim de.

Derin düşüncelere dalmıştım ki birden onu annesiyle birlikte gördüm.

(İçimde çok gergin ve heyecanlı hissediyordum, kalp atışlarım daha hızlı ve daha yüksekti. Yolu bulmaya çalışıyordum, yanına nasıl gideceğimi düşünüyordum çünkü ailem de dahil olmak üzere pek çok akrabam yakınımdaydı).

Aman Tanrım! Churidar şalvar takımının içinde bir prenses gibi görünüyor.

(Muhtemelen eve döndükten sonra katıldığı yüzme sayesinde bu aylar içinde daha fit oldu).

Dışarıda öğle yemeği başladı. Kriti'nin annesiyle birlikte yemeğe gittiğini gördüm.

Ben de arkasından gittim ve onlar çoktan yemeği kendilerine servis etmişlerdi ve köşede bir yerde durmuş yemek yiyorlardı.

Gidip annesine sordum: Nasılsın teyze? Her şey yolunda mı!

(Her ne kadar annesiyle konuşuyor olsam da aklım ve gözlerim sadece ondaydı, o da gülümsüyordu).

Annesi cevap verdi: Evet, her şey yolunda oğlum. Sen nasılsın?

Ben de cevap verdim: Ya, iyiyim teyze.

Sonra ona doğru ilerledim ve sordum, nasılsın Kriti?

Kriti: İyiyim.

(Annesi tanıdığı biriyle konuşmak için diğer tarafa geçti, böylece özel sohbet etme şansımız oldu).

Ankit: Bir şey söylemek istiyorum çünkü artık senden saklayamıyorum?

Kriti: Ne?

Ankit: Seni sonsuza kadar hayatımda istiyorum. Sensiz yaşayamam. SENİ SEVİYORUM!

Kriti: (Sessizlik)!! (Cevap vermeden) annesi gelince hareket etti.

Ama gözlerindeki mutluluğu gördüm, çünkü o da benden hoşlanıyordu, ama yine de gergindim, duygularını merak ediyordum.

(İçine kapanık bir kızdı, bu yüzden duygularının hemen ortaya çıkmasına izin vermeyin. Kaybetme korkusu da burada böyle durmasının bir başka nedeni olabilir).

Herkes evine döndü ama ben hala sakinleşemedim. Vereceği cevap konusunda biraz endişeliydim ve arkadaşlığımın aynı kalıp kalmayacağını da düşünüyordum.

Bangalore'a geri döndüm ve işimle meşgul oldum. İlk defa üç gün boyunca aramadı; şimdi biraz şüpheciydim, belki kızgındır ya da teklifim hakkında düşünmek için zaman ayırıyordur.

(Aklımdan olumlu ya da olumsuz birçok düşünce geçiyordu).

Bir hafta geçti, hala aramadı, mesaj atmadı, sonunda ben aradım.

Açtı:

Kriti: Merhaba! Nasılsın?

Ankit: İyiyim, ne oldu? Neden son bir haftadır beni aramadın?

Kriti: hey! Üzgünüm iyi değildim ve bizim hakkımızda düşünmek için zamana ihtiyacım vardı.

Ankit: peki ne düşündün?

Kriti: Bilmiyorum, ama evet, sen benim güvenebileceğim en iyi arkadaşımsın.

Bir şeyi çok iyi biliyorum ki seninle çok mutlu olurdum ve sen de bana çok iyi bakardın. Ayrıca sevginin gerçek olduğunu da biliyorum, bunu tanıştığımız ilk günden beri hissedebiliyorum. Beni kimsenin sevemeyeceği kadar seveceğini de biliyorum.

Ama biraz korkuyorum, bu yüzden lütfen düşünmem ve kendimi hazırlamam için bana biraz daha zaman ver.

Ankit: Sorun değil canım, en azından senin de benimle aynı hislere sahip olduğunu bilmek beni mutlu ediyor, o yüzden acele etme, o zamana kadar seni daha fazla etkilemek için elimden gelenin en iyisini yapayım. (ikisi de yüksek sesle güler).

Peki!! Sağlığın nasıl şimdi?

Kriti: evet, ilaç aldım, biraz daha iyiyim.

Ankit: biliyorsun şimdi biraz rahatladım.

Kriti: Neden?

Ankit: Son bir haftadır beni aramadın, bu yüzden seni ve arkadaşlığını kaybetmekten korktum ve endişelendim. Bana kızgın olabileceğini düşündüm.

Kriti: (Uzun uzun), sana neden kızayım ki? O gün bana duygularından bahsettin ama ben bunu tanıştığımız ilk günden beri biliyordum.

Bana her zaman bakış şeklin, gözlerin her şeyi söylüyor.

Ankit: Gerçekten mi! (gülüyor).

Tamam canım, ben seni sonra ararım, sağlığına dikkat et. (Mutlulukla ikisi de telefonu kapatır)

KRITI'NIN DOĞUM GÜNÜ

En çok beklenen gün gelmişti. Birbirimize karşı gerçek duygularımızı ifade ettiğimizden beri Kriti'nin ilk doğum günüydü.

Her ne kadar ben ona olan sevgimi sadece göstermiş olsam da, bu onun tarafından gelen sessiz bir sevgiydi, bunu çok iyi biliyordum.

Benim için de en önemli gündü çünkü ona bir sürpriz yapmayı planlıyordum ve son birkaç aydır bu gün için hazırlıklar yapıyordum.

Şimdiye kadar onun sevdiği ve sevmediği şeyleri çok iyi biliyordum çünkü arkadaşlığımız başlayalı iki yıl olmuştu.

İncileri çok sevdiğini biliyordum. Bu yüzden güzel bir inci kolye ve inci yüzük satın aldım.

(onunla evlenme teklif etmeyi planlıyorum), bu aylar içinde birlikte geçirdiğimiz zamanların tüm fotoğraflarıyla güzel bir sunum yaptım.

Tanıştığımız ilk günden bugüne kadar olan tüm önemli olayları slaytlarda arka planda onun en sevdiği şarkılar eşliğinde anlattım.

El yapımı bir kart ve betel yaprağı yemeyi çok sevdiği için betel yaprağı üzerine elimle yüzünü çizdim.

Ayrıca onun için yaklaşık 25 gülden oluşan bir gül buketi hazırladım (bu doğum gününde 25 yaşına girdi).

Diğer bazı küçük hediyelerle birlikte Bangalore'dan Haridwar'a ulaştım ve sabah 6'da evine girmem gerektiğinden emin oldum, böylece gözlerini açtığı anda yüzüm onun önünde olacaktı.

(O anda tek istediğim onun şaşkın yüzünü ve güzel gülümsemesini görmekti).

Benim için yorucu bir yolculuk olsa da Bangalore'dan Delhi'ye uçmam ve ardından Delhi'den arabayla 6 saat uzaklıktaki Haridwar'a gitmek için otobüse binmem gerekiyordu.

Ama tüm bu zorluklar aşkımın yanında hiçbir şeydi çünkü bir yerlerde biliyordum ki, onun yüzünü ve gülümsemesini gördüğüm an tüm yorgunluğum geçecekti.

Böylece, sabah 4 civarında Haridwar'a ulaştım. Otobüs terminalinde kaldım ve güneş doğana kadar bekledim (birinin evine bu şekilde ulaşmak için çok erkendi).

Otogarda 1,5 saat bekledim ve sonra bir otomobile binmek yerine yarım saat daha geçmesi gerektiği için yürüdüm.

Otogardan 4 km uzaklıktaki evine doğru yürümeye başladım.

(Evine yaklaştıkça gerginlikten vücudum daha da soğuyor, kalbim daha da hızlı atmaya başlıyordu. Adrenalin seviyemin patlamak üzere olduğunu hissediyordum).

Yaklaşık 30 dakika içinde evine ulaştım, evinin ana kapısına yaklaştığım anda kalbim hızlı ve yüksek sesle çarpıyordu, gerginlik doruktaydı, vücudum üşüyor ve titriyordu. Bayılmak üzereydim.

Bir şekilde oraya ulaşmayı başardım ve büyük bir cesaretle kapı ziline bastım.

Annesi kapıyı açtı ve şöyle dedi:

Kriti'nin annesi: Hey, nasıl geldin buraya?

(Şaşırdı ve şok oldu).

Ankit: (Gergin bir şekilde) Sadece teyzeme sürpriz yapmak için geldim.

Kriti'nin annesi: Oh! Güzel, içeri gel oğlum.

Ankit: (Biraz rahatlamış bir şekilde eve girer). Teyze, nerede o?

Kriti'nin annesi: Beta uyuyor. Onu uyandırayım mı?

Ankit: Hayır! Hayır! Hayır! Teyze bırak uyusun. Çiçek buketimi onun yanına koydum. (Merakla uyanmasını bekliyor).

Annesine söyledim, ben de seninle bir şey konuşmak istiyorum. Söyleyebilir miyim?

Kriti'nin annesi: Evet, tabii. Bana ne olduğunu anlatır mısın?

Ankit: (Gergin ve korkmuş), Teyze, sadece söylemek istedim.....

(Odada tam bir sessizlik ve içimde bir tereddüt)

Kriti'nin annesi: Söyle bana oğlum, endişelenme, ne söylemek istiyorsan söyle.

(Ne hakkında konuşacağıma dair bir ipucu veriyor gibi görünüyor).

Ankit: (Cesaretini toplar ve şöyle der) Teyze! Lütfen aldırma ama ben Kriti ile evlenmek istiyorum ve onu çok seviyorum. Sana söz veriyorum onu mutlu edeceğim.

Kriti'nin annesi: (Sakince) Beta, peki, seni seviyorum ve bir sorunum yok. Hayatı için alması gereken tüm kararları ona bıraktım. Eğer kabul ederse, benim için hiçbir sorun yok.

(Bunu bildiğim için biraz rahatlamış ve mutlu olmuştum)

Kriti'nin annesi: Yorgun ve aç olmalısın, neden biraz uyumuyorsun?

Ankit: Hayır, teyze, sorun değil, bu sürprizi ona vereyim, sonra uyurum.

Kriti'nin annesi: (Sessizce gülümser ve sessiz).

Kahvaltı hazırlamaya başladı. Saat çoktan 7.30 olmuştu.

Merakla ve sabırsızlıkla bekliyordum ve bekliyordum.

Sonunda annesine söyledim: Teyze, onu uyandırmaya gidiyorum!

Kriti'nin annesi: Ya tabii.

Sonra yatağının yanına gittim ve elime bir gül aldım, onunla yüzünü ovmaya çalıştım.

Gözlerini açtı ve gülü çıkardı ve tekrar uyudu. Ben yine aynı şeyi tekrarladım; bu sefer ne bağırdı dedim?

(Uyurken rahatsız edilmekten hoşlanmıyor. Bugünlerde muhtemelen ofisi olmadığı için hiper-çok-manikti).

Dedim ki (kibarca): Mutlu yıllar, Kriti!!

O zaman onu rahatsız edenin annesi olmadığını anlamış olmalı.

Birden gözlerini açtı ve şok oldu:

Kriti: Sen! (Nutku tutulmuş, şaşkın ve mutlu)

Ankit: Evet, ben! (Gülüyor)

Kriti: Nasıl geldin buraya?

Ankit: Ne de olsa bugün senin doğum günün, sana sürpriz yapmak için geldim.

Kriti: Deli! Onca yolu bana sürpriz yapmak için mi geldin?

Ankit: Evet! Tatlım! (flört eder gibi).

Kriti: Bana sürpriz yapmak için bu kadar para mı harcadın?

(Yüzünün şaşkınlık, şok, suskunluk ve mutlulukla dolu olduğunu görebiliyorum. Hepsi de ifade edemediği karışık tepkilerdi).

Ankit: Evet! Ne olmuş yani, hiçbir şey senin mutluluğundan önemli değil.

Kriti: Sen delisin!

Ankit: (Komik bir şekilde) Doğduğumdan beri öyleyim.

(İkisi de güler)....

Yatağından kalktı ve banyo falan yaptıktan sonra hazırlandı.

İkimiz de acıkmıştık, bu yüzden annesiyle birlikte kahvaltı yaptık.

Kahvaltıdan sonra saat 9'du, annesi ikimizi de evde yalnız bırakıp markete gitti.

Sonra ben dedim ki: Sana bir sürprizim daha var?

Kriti: Ne?

(Onun için getirdiğim tüm eşyaları çıkardım)

Yüzüğü sağ elime aldım, dizlerimin üzerine çöktüm, diğer elimde güller vardı ve ona evlenme teklif ettim:

Ankit: Kriti! Benimle evlenir misin?

Kriti: (Gülümseyerek!) Yüzüğü aldı ve dedi ki: Bilmiyorum!

(Ama kızarıyordu).

Ankit: Tamam, bana dizüstü bilgisayarı getir, sana bir şey göstermek istiyorum?

Kriti: (Dizüstü bilgisayarı getirdi, şaşırtıcı bir şekilde bekliyordu)

Kalem sürücümü taktım ve ona sunumu göstermeye başladım.

Sunumun tamamını izledikten sonra çok şaşırdı; gözleri yaşlarla doldu.

Ben de dedim ki: Hey! Ne oldu? Neden ağlıyorsun?

Kriti: Hiçbir şey! Çabalarınız beni büyüledi (Birden bana sarıldı).

Bulutların üzerindeydim. Çok mutluydum!

Bu küçük kutlamadan sonra ona doğum günü için getirdiğim diğer eşyaları da gösterdim,

Dedi ki: Ankit! Bilmiyorum! Ne diyebilirim ki, ama günümü güzelleştirdin ve bu şimdiye kadar aldığım en iyi doğum günü ve doğum günü hediyesi. Çok teşekkür ederim!!

(Ona tekrar sarıldım ve bu sefer çok duygusal ve mutluydum).

Ortam duygusallaştı; bunu boşaltmak için komik yumruklar atmaya başladım ve o da gülmeye başladı.

Dedim ki: Hey, benim partim nerede?

Kriti: Hadi dışarı çıkalım! Nereye gitmek istiyorsun?

Ankit: Dominos'a gidelim.

(Onun pizza sevgisini ve çılgınlığını biliyorum).

Mutlu bir şekilde uyandı, hazırlandı, Scotty'sini aldı ve beni Dominos'a götürdü.

Öğle yemeği vakti çoktan gelmişti; saat 4 civarıydı. Delhi'ye yetişmem gereken bir tren ve ardından akşam geç saatlerde Bangalore'a dönüş uçağım var.

Dominos'ta birlikte yemek yedik ve yaklaşık 2 saat geçirdikten sonra beni tren istasyonuna bıraktı.

Benimle birlikte tren istasyonuna girdi. C1 otobüsüne bindim ve rezervasyonum koltuk vagonunda olduğu için pencere kenarına oturdum ve o da dışarıda benim yerimin penceresinde duruyordu.

Ayrılırken ona dedim ki: Kriti! Lütfen geleceğimizi düşün. Seni çok seviyorum ve sensiz yaşayamam.

Sessizce dinliyordu ve trenim hareket etmeye başladığında sürekli beni izliyordu.

(Trenin kalkışından sadece 5 dakika önce ulaştık, bu yüzden konuşmak için yeterli zamanımız olmayacak)

İçimden ağlamak geldi ama ağırlaşmış kalbimle Haridwar'dan güzel anılarla Bangalore'a dönmek üzere ayrıldım.

NİHAİ KARAR

Aradan 6 ay geçti; hala Kriti'den net bir cevap alamadım; diğer taraftan ailem benim için bir gelin aramaya başladı bile.

Üzerimde çok fazla baskı vardı. Süreci bir şekilde erteliyor ve onun net cevabını bekliyordum.

Başa çıkamadığımda onu aradım ve Kriti'ye son bir kez sordum ve o zamana kadar biraz sinirliydim çünkü son birkaç aydır ona defalarca 'benimle evlenip evlenmeyeceğini' sordum, ne yazık ki her zaman 'bilmiyorum' diyordu.

O gün bu konuda hararetli bir tartışma yaşadık.

Kriti'ye dedim ki: lütfen kesin bir hayır ya da evet cevabı ver, artık bununla başa çıkamıyorum. S

benimle kavga etti ve telefonu kapattı.

Şimdi, karışık bir durumdayım, kafam karışık, kızgın, sinirli, depresif (sanki tüm duygular aynı anda ortaya çıkıyor gibiydi) çünkü o zamana kadar, ne pahasına olursa olsun onu hayatımda umutsuzca istiyordum.

Sanki o benim saplantım haline gelmişti, güzelliği ve romantizmi kafamın üzerinde dans ediyordu ve beni her geçen gün onun için çıldırtıyordu.

Bilgisizdim, boştum, öfkeliydim. Sonunda bu tuzaktan çıkmanın bir yolunu bulamayınca Vaishno Devi tapınağını ziyaret etmeye karar verdim.

(Vaishno Devi'ye inanan biriyim ve nihayet onu elde etme dileğimi yerine getirebilecek tek kişi Tanrı'ydı. O an çok kızgın ve çaresizdim, onu elde etmek için her şeyi yapmaya hazırdım).

Bu yüzden Jammu & Kashmir'de Hindular için kutsal bir ibadet yeri olan "Vaishno Devi "ye gitmeye karar verdim. Bu türbe, uzun süreli arzuları yerine getirmesi, insan yaşamındaki sorunları çözmesi vb. ile çok ünlüdür.

Öğrenci, bu tapınağı gerçek bir inançla ziyaret eden ve Vaishno Devi'nin kutsamalarını alan kişinin tüm dileklerinin gerçekleştiğini söylüyor.

Son üç yıldır ona evet dedirtmeye çalışmaktan biraz yorulmuştum. Bu yüzden biraz depresyona girdim ve o zamanki tek hayalimi veya dileğimi gerçekleştirmek için Vaishno Devi'ye gittim.

Dağdaki tapınağa 14 km'lik bir yürüyüş mesafesindeydi, bu yüzden çıplak ayakla gitmeye karar verdim.

Otelimden Vaishno Devi tapınağının bulunduğu tepeye doğru yalınayak yürümeye başladım. Yürüyüş sırasında sürekli "Jai Mata Di" diye zikrediyor ve dileğimi yerine getirmesi için anneme dua ediyordum.

Tanrı'ya yemin ettim. Yolculuğum tamamlanana kadar hiçbir şey yemeden ve içmeden bu yürüyüşü tamamlayacağım. Bu kolay bir yürüyüş ya da görev değildi.

Aralık ayıydı, dağlar kalın karlarla kaplıydı. Sıcaklık donma noktasındaydı, oldukça soğuktu.

Yine de çıplak ayakla yürüyor ve fırsat bulduğum her yerde ayağımı sıcak tutmaya çalışıyordum.

Tüm ayağım ve bacaklarım uyuşmuş ve şişmişti, içlerinde hiçbir his ve duyu yoktu, yine de sevgi dolu kalbim ve onun düşüncesi bana hareket etmek için büyük cesaret veriyordu.

Ayaklarım da yoldaki bazı taşlarla yaralandı; kendimi sarmama ve devam etmeme rağmen kan gelmeye başladı.

Sonunda tapınağa ulaştım ve tazelendikten sonra içeri girdim, hayal edilemez, harika bir duyguydu, gözlerim yaşlarla ve mutlulukla doldu.

Ortam çok sessiz ve dinlendiriciydi; tüm yorgunluğumu ve acımı aldı.

Vaishno Devi'nin kutsal mağarasını görme şansım oldu, burada Devi Ma adanmışlarına sihrini gösteriyordu. Ma'ya dua ettim; lütfen bana hayatımda Kriti'yi ver.

Eğer bu gerçekleşirse, evlendikten hemen sonra kesinlikle seni tekrar görmeye geleceğim.

(Biz insanlar işimizde herhangi bir gelişme görmediğimizde çok yozlaşırız, Tanrı'ya da rüşvet veririz. Ben de öyle yaptım).

Devi Ma'nın kutsamalarını aldım ve arada "Bhairo baba "nın kutsamalarını alarak otelime doğru geri dönmeye başladım çünkü "Vaishno Devi" yolculuğunuzun "Bhairo Baba "nın kutsamalarını almadan tamamlanmış sayılmayacağını söylüyor.

Otelime enerji dolu bir şekilde döndüm, trene bindim ve Delhi'ye geri döndüm. Akşam uçağıma bindim ve Bangalore'a geri döndüm.

Sihrin gerçekleşmesini bekliyordum çünkü kendime yeterince güveniyordum, Vaishno Devi kesinlikle bana yardım edecekti çünkü sevgim, adanmışlığım ve dualarım kalbimin derinliklerinden geliyordu.

Birkaç gün sonra, Kriti ile her zamanki gibi telefonda konuşuyordum; aniden sessizleşti.

Sordum: Birden sana ne oldu, neden bu kadar sessizsin?

Kriti: Ankit! Sana bir şey söylemek istiyorum.

(Sesindeki gerginliği hissedebiliyorum)

Ankit: Ne?

Kriti: Seni seviyorum!! (bir süre tam sessizlik) ve seninle evleneceğim!!

Ankit: (Şok ve şaşkınlık içinde karışık duygularla ve ne söyleyeceğimi ve nasıl tepki vereceğimi anlayamaz bir halde) Ne! (Heyecanlı) ciddi misin?

Kriti: Evet (Kızarır)

Ankit: (Yatağın üzerinde zıplayarak Vaishno Devi'ye hayalimi bu kadar çabuk gerçekleştirdiği için teşekkür ediyordum). Teşekkür ederim, tatlım! İfade edecek kelime bulamıyorum; bana istediğim her şeyi verdin.

Bir süre konuştuk ve telefonumuzu kapattık.

Sonra ailemi aradım ve onlara Kriti'den bahsettim ama sorun henüz bitmemişti.

Kriti'nin annesi çok batıl inançlıydı; her şeyi sonuçlandırmadan önce burçlarımızı eşleştirmek istedi.

İkimizin de doğum bilgilerini aldı ve burçlarımızı eşleştirmek için takip ettiği rahibe gitti.

Bizi bir şok bekliyordu, Rahip ne evliliklerinin üç aydan fazla süreceğini ne de çocuk sahibi olacaklarını söyledi.

Hemen annesi bize söyledi. Bu evliliği kabul edemezdim çünkü ikimiz için de verimli olmayacaktı. Aynı şey benim tarafımdan da oldu.

İkimiz de ailelerimizi bu evlilik için ikna etmeye başladık ve sonunda onlar da kabul ettiler. Tüm bunlar o kadar hızlı oldu ki, sonunda resmi süreç başladı. 18 Haziran'da nikâh kıyıldı, 20 Ocak'ta da nişan yapıldı.

Heyecanlıydık, tüm hazırlıklar son sürat devam ediyordu ve 20 Ocak, uğruna çok çalıştığım tarihti ve sonunda hayatımın en önemli günü geldi çattı.

Sonunda o gün geldi, ailem ve ben nişan için Haridwar'a (Kriti'nin yeri) gittik.

Oteller ve mekan önceden rezerve edilmişti, bu nedenle 20 Ocak sabahı erken saatlerde (buluşma günü) otele ulaştık.

Oldukça heyecanlıydım ve kendimi harika hissediyordum. Saat öğleden sonra 4 civarıydı, tören için hazırlanıyorduk. Dışarıdaki manzara son derece güzeldi; sanki Tanrı yeryüzüne inmiş ve beni kutsuyordu.

Güneş batmak üzereydi, parlak renkli ışık, esen rüzgar. Her şey çok mükemmeldi.

Mekâna zamanında ulaştım ve geleneksel Hint dhoti kurtasını giydim; her yerde mutluluk seslerini duyabiliyordum, insanlar birbirlerini selamlıyor, gülüyorlardı. Benim akrabalarım ve onun akrabaları konuşuyor, birbirlerine karışıyorlardı.

Ben sahnede tek başıma oturuyor ve umutsuzca aşkımın ilk bakışını bekliyordum.

Çok geçmeden, uzun zamandır beklediğim an geldi.

Üzerinde çok güzel işlenmiş altın ipek bir saree ile önden geliyordu. Kanjivaram ipek sarisine benziyordu. Chandini (Kuzen) de yanındaydı.

Tereddütlü, utangaç, gergin yüzünü görebiliyordum, gözleri aşağıda bana doğru yürüyordu.

Bir Tanrıça gibi görünüyordu. Yüzü parlıyor ve gülümsüyordu; saçları hafif bir makyajla açılmıştı. Sürekli ona bakarak duyularıma değil, farklı bir dünyaya gittim. Birden yanımda birinin oturduğunu hissettim.

Sanki bir rüyadan uyanmış gibiydim ve onun Kriti olduğunu gördüm ve Chandini bana kurnazca gülümsüyordu, bir ses çıkardı ahem!ahem! Jiju!!

Dedim ki: Ne?

Chandini: (Bacağımı çekerek) Ne düşünüyorsun? Kız kardeşime konsantre ol. Bu senin nişanın.

Dedim ki: Kız kardeşinle kendi dünyamdaydım. (Sol gözümü kırpıştırdı).

Artık yüzük merasimi zamanıydı; tüm ritüellerden sonra ikimiz de ayağa kalktık. O kadar çarpıcı görünüyordu ki; ona bakmaktan kendimi alamıyordum.

Yüzük töreninden önce hep ona herkesin önünde evlenme teklif etmek istemiştim. Birden dizlerimin üzerine çöktüm, cebimden altın yüzükle birlikte bir gül çıkardım ve onun elini tuttum (herkes bana bakıyordu, ne yapıyorum?).

Sordum: Kriti!! Seni çok seviyorum ve sana sormak istiyorum. Benimle evlenir misin?

Kriti: (Utangaçlıktan yüzü kıpkırmızı oldu, gülümseyerek) dedi ki, Evet!!! Çok isterim!!

Ben de ona nişan hediyesi olarak iPhone verdim.

(Son bir yıldır bunun için para biriktiriyordum. Kariyerimin ilk aşamasındaydım, bu yüzden çok fazla gelirim olmayacaktı).

"Birini gerçekten, derinden sevdiğinizde hiçbir şeyi dert etmezsiniz. Rahatsız olduğun tek şey aşkının gülen yüzü ve mutluluğudur".

Yüzüklerimizi taktık ve yemeğimizi yedik. Sonunda nişanlanmıştık.

Benim için hala inanılmazdı. Hayal mi gerçek mi diye düşünürken bile.

Artık resmi olarak nişanlandığımızı ve onun benim nişanlım olduğunu söyleyebilirim (Benim hehe).

Aynı gece hepimiz kendi yerlerimize gittik. Bangalore'a geri döndüm ve hastalarımla, işimle vs. meşgul oldum. Evlilik birkaç ay içindeydi, bu yüzden ona da hazırlanıyordum.

Bir sürü drama, zorluk, duygusal işkence, ikna ile sonunda gerçekleşen bir rüya görmüştüm.

Gördüğüm son rüya, güzel anılar yerine hayatımın en büyük kâbusuna dönüşmüştü.

Bu da beni tamamen kırdı; bunca yıl sonra bile yaralarım henüz iyileşmedi.

EN MUTLU AŞAMA

Nişandan dönerken, enerji ve coşkuyla dolup taşıyor, hayatımdaki her şeyi elde etmenin derin düşünceleri içindeydim.

Şimdi, geleceğimizi düşünmem gereken zamandı. Bu yüzden, iyi bir gelir elde edebileceğim kariyerimi oturtmak için çok çalışmaya başladım.

Ona istediği her şeyi vermek istedim. Hayatının her günü ve her anında onun gülen yüzünü ve içten içe mutlu olduğunu görmek istiyordum.

Bu, hayatımın en mutlu dönemiydi; çok sayıda hasta, sözleşme, ünlü müşteriler ve daha pek çok şey elde ediyordum, kısacası gelirim oldukça iyiydi.

Sanki Tanrı istediğim her şeyi üzerime yağdırıyormuş gibi hissediyordum. Daha önce yaptığımız gibi telefonda konuşmaya devam ediyorduk, diğer tarafta ailelerimiz evlilik hazırlıkları yapıyordu.

Nişandan sonra ilk sevgililer günüm yaklaşıyordu, bu yüzden onu unutulmaz kılmayı ve ona sürpriz yapmayı düşündüm (bildiğiniz gibi her kız sürprizleri sever).

Neyse ki Şubat ayının ilk günlerinde bir konferans için Paris'e gitme şansım oldu. Onun için güzel bir elmas kolye ve inci bir set getirdim (inciler için deli oluyordu).

Paris'ten döndükten sonra sevgilim için güzel bir aşk kartı hazırladım. 13 Şubat'ta (Sevgililer Günü'nden bir gün önce) Delhi'ye uçtum ve ardından otobüsle

Haridwar'a ulaştım. Sabah erkenden Haridwar'a vardım ve bir gül buketi getirdim.

Gökyüzü bulutlarla doluydu; rüzgar esiyor ve biraz serinletiyordu. Evine 14 Şubat sabahı saat yediye doğru ulaştım.

(Geç uyandığını biliyordum, bu yüzden sabahın erken saatleri sürprizi yapmam için mükemmel bir zamanlamaydı)

Sessizce annesiyle karşılaştım; o da beni gördüğüne sevinmişti ve sordu:

Anne: Hey, oğlum!! Nasılsın? Nasıl geldin buraya?

Ankit: Namaste Teyze!! Oops, Anne

(İkimiz de gülümsedik). Her şey güzeldi ve onu özlüyordum. Ayrıca ilk sevgililer günümüzü onunla kutlamak istiyordum. Bu yüzden onu görmeye geldim.

Anne: Çok yorgun ve aç olmalısın. Kalk ve kahvaltını yap. Senin için iyi doldurulmuş bir patates paratha hazırlayacağım.

Ankit: Tamam anne!! Dediğin gibi olsun.

(Banyo yapmaya ve her şeyin yolunda gittiğinden emin olmaya gittim. Ben hazırlanana kadar Kriti uyanmamalı. Annesine de aynı şeyi söyledim).

Hazırlandım ve gül buketini, el yapımı bir kartı, bir elmas seti ve bir inci setini yastığının yanına koydum.

Battaniyesinin içine de girdim ve özenle sabah 8 gibi uyanmasını bekledim. Sonunda (umutsuzca beklediğim) an gelmişti.

Uyandı.

(büyük ihtimalle taze güllerin rahatlatıcı aromasıyla).

Gözlerini açtı ve beni gördü. Yanında oturuyordum, aynı anda şok, şaşkınlık, mutluluk, gülümseme, ağlama gibi karışık duygular yaşadı.

(Yüzünde görebildiğim tek şey, bu karışık tepkiler için çok sıkı hazırlandığımdı).

Onun mutluluğunu çok iyi hissedebiliyorum.

Kriti sordu (şok edici bir şekilde): Hey!! Nasıl geldin buraya!

Ankit: İşte böyle. Seni görmek istedim ve geldim. Ayrıca, Sevgililer Günün kutlu olsun, sevgilim!!!

Kriti: Teşekkür ederim ve sana da aynısı!!!

Ankit: Çok kuru. Teşekkür ederim!!

Kriti: Gerçekten!! (Yükseklerde utangaçlık). O zaman bu nasıl ıslak olacak!! (Kurnazca gülümsüyor).

(Sürekli onun yüzünü izliyordum. Sanki şirinlik ve güzellik okyanusuna atlamışım gibi hissettim. Oh!! Başa çıkılamayacak kadar sıcaktı).

Ankit: (Yaramaz ruh hali). Hiçbir şey. Bu arada, hediyelerini açmak istemiyor musun?

Kriti: Oh, evet!!

(Önce kartı açtı ve okumaya başladı).

Ben sadece onun yüz ifadelerini gözlemliyordum. Gözlerinden yaşlar geldiğini görebiliyordum.

Sordum: Hey!! Ne oldu? Neden ağlıyorsun?

Kriti: Senin çabalarından çok etkilendim. Kimsenin beni senin kadar sevemeyeceğini söylemeliyim. Hayatım boyunca kimse benim için bu kadar çok şey yapmadı. Seni hayat arkadaşım olarak seçmekle doğru bir karar verdim. Seni seviyorum, Ankit!! (Bana sarıldı).

(Onun sıcaklığını ilk kez bu kadar yakından hissediyordum).

Bana sarıldığında kalbim çok hızlı atıyordu ve gergindim, ama duygularım bulutların üzerindeydi. İki elimi de sırtında tuttum ve ona sıkıca sarıldım.

(Heyecanımı anlatamam bile).

Yüzünü iki elimin arasına alıp gözyaşlarını sildim ve şöyle dedim: Merak etme canım. Bu gülümsemeyi ömrümüzün sonuna kadar yaşayacaksın. Ben hep senin yanındayım ve seni hep aynı şekilde seveceğim! Lütfen diğer hediyelerinize bakar mısınız?

Kolye kutularını açtı, pırlanta ve inci kolyeleri görünce daha da şaşırdı ve çok beğendi. Onları denemek istedi, sözünü kestim, deneyebilirsin hayatım, ama benim bundan daha iyi bir fikrim var.

Neden hazırlanıp bu elmas kolyeyi takmıyorsun ve şimdi bir öğle yemeği randevusuna çıkmıyoruz? Ne dersin?

Kriti cevap verdi: Evet, yapabilirim ama akşam yemeği randevusunda. (Sol gözünü kırptı ve gülümsedi).

Dedim ki: (Mutlulukla zıplayarak) Ya tabii!!! Saat daha on biri çeyrek geçerken bütün gün ne yapacaksın?

Kriti: Birlikte dinlenerek vakit geçireceğiz. (Gülümsedi ve gözlerini kırpıştırdı).

(Zihnim o zaman onun romantizm işaretlerini anlamak için çok boş davrandı).

Ankit: Tamam, peki, banyo yapıp hazırlanabilir misin? (Sadece battaniyenin içindeydim).

Kriti: Tamam, beni bekle. Geliyorum!!!

(Gitti ve günlük işlerini ve banyosunu tamamladı).

Yarım saat sonra geri geldi. Ben televizyon izlemekle meşguldüm. Kayınvalidem işine gittiği için ikimiz de evde yalnızdık.

(Şu anda hepinizin ne düşündüğünü biliyorum, ben de aynı şeyi düşündüm. hehe).

Banyodan sonra mavi üstünü ve pijamalarını giyerek geldi. Saçları ıslak ve açıktı. Güzelce oyulmuş ve şekillendirilmiş vücudu. Yatağımdan manzaranın tadını çıkarıyordum.

(Aslında arkasından sarılmak istedim ama cesaretimi toplayamadım).

Derin düşüncelere dalmıştım ki birden beni çağırdı: Ankit, lütfen öğle yemeğini hazırlamama yardım eder misin?

(Öğle yemeği vakti yaklaşıyordu).

Ankit: Ne tür bir yemek hazırlamak istiyorsun (Gözlerimi kırpıştırdım ve kurnazca gülümsedim).

Kriti: Ah!! Han!! Ne istediğini biliyorum.

Ankit: Tamam, söyle o zaman ne istiyorum?

Kriti: Kapa çeneni!! (Gülümsedi ve mutfağa girdi)

Onu takip ettim ve arkasından yakaladım ve yüzünü bana doğru çevirdim. Yüzünü iki elimle tutup hafifçe yukarı kaldırdım.

(Nefes alış verişi hızlıydı, bakışları kıpkırmızıydı, utangaçlık doruktaydı, pembemsi ve kalın dudakları titriyordu, gözleri kapalıydı).

Ben de gergindim ve kalp atışlarım duyabileceğim kadar yüksekti; dudaklarımı yavaşça onunkilere doğru hareket ettirdim ve benimkilerle bastırdım. Dudakları çok zarif bir şekilde emmeye başladım.

(Dudaklarıma gül yaprakları sürüyormuşum gibi bir his vardı).

Ellerim boynuna dolandı. On dakika boyunca tutkuyla öpüştük.

(Sanki bugün birbirimizi öpecekmişiz gibiydi.)

Öpücük içime sıcaklık doldurdu, kontrol ettim ve durdum ve söyledim: Kriti!! Beni delirtiyorsun. Sadece birkaç ayımız kaldı sevgilim. Sadece hayatımızın en önemli anını bekle. İlk gecemizi hatırlayacaksın. Onu çok özel yapacağım. Sakin ol!

(Ona sıkıca sarıldım)

Kızarmıştı ve dudakları kıpkırmızıydı. Ona su verdim, suyu içtikten sonra öğle yemeğini hazırlamaya devam etti, ben de yanında durmuş mutfak işlerine yardım ediyordum.

Yemek yedikten sonra bir süre konuştuk ve uyuduk.

(Sevdiğinizin kollarınızın arasında, ona sıkıca sarılarak uyumasının nasıl bir duygu olduğunu anlatamam. Aldığı güven duygusu müthiş).

(Kapı çaldı) Saat 17.00 olmuştu, annesi ofisinden geldiğinde uyandık.

Geldi ve hepimiz için çay hazırladı.

Çay içtikten sonra hepimiz bir süre sohbet ettik. Saat 6.30'da ikimiz de akşam yemeği randevumuz için hazırlanmaya başladık. Kolsuz bir bluz ile siyah bir saree giymişti ve güzelliğini arttırmak için elmas bir kolye takmıştı. Görünüşü çok çarpıcıydı, herkes onun güzelliğine hayran kalabilirdi ve ben de basit bir kot pantolon ve üzerinde yarım ceket olan bir tişört giymiştim.

(Onun benden daha çarpıcı görünmesini istiyorum). (Şaka yapıyorum) hehe!!!

Arabaya bindik ve Haridwar'daki yıldızlı otele gittik, zaten arayıp randevumuz için ayarlamalar yapmalarını söylemiştim. Aslında onun için planladığım mum ışığında bir akşam yemeğiydi.

Otele vardık, resmi ilk randevum ve sevgililer günüm için beklentilerimin çok üzerinde mükemmel hazırlıklar yaptılar.

Masamız havuz başındaydı, tüm alan kırmızı güller ve kalp şeklinde balonlarla süslenmişti. Masanın ortasında bizim için şampanya dolu iki şarap kadehi duruyordu.

Ne yazık ki ikimiz de alkolik olmadığımız için o şişeye dokunmadık bile.

Bir garson geldi ve sordu: Efendim, pastanızı alabilir miyim?

Ben de cevap verdim: Evet, lütfen!!

Garson pastayı getirdi, kestik ve lezzetli yemeklerin tadını çıkardık. Yemekten sonra, bizim ve dışarıda oturan diğer çiftler için romantik bir dans planlamışlardı.

(Kriti'nin dansı çok sevdiğini biliyordum, aslında ben zavallı bir dansçıyken o mükemmel bir dansçıydı).

Hepimiz yüksek sesli DJ'in en romantik parçaları çaldığı, çiftler için çeşitli yarışmaların olduğu salona götürüldük.

Kriti ve ben dans pistine gittik ve top dansı yapmaya başladık (bu konuda son derece kötü olmama rağmen elimden gelenin en iyisini yapmaya çalıştım).

Sağ elim karın bölgesinin çıplak tarafındaydı ve sol elim de onun sırtındaydı. Pürüzsüz teninin sıcaklığını hissedebiliyordum.

(Ona ilk kez bu şekilde dokunduğumda vücudumda 400 voltluk yüksek gerilim akımı oluştu. Uffff!! Başa çıkılamayacak kadar sıcaktı).

Dans ederken göz temasımız mükemmeldi, gözlerindeki mutluluk kıvılcımını görebiliyordum. Bana olan derin sevgisini görebiliyorum.

Birbirimize o kadar dalmıştık ki müziğin ne zaman durduğunu bile bilmiyorduk. Birden sahneden bir ses geldi. En iyi romantik çift ödülü "Bayan Kriti ve Bay Ankit'e" gitti.

Sanki derin bir uykudan uyanmış gibiydik. Birlikte sahneye çıktık ve organizatörlerin takdir ve teşekkürlerini aldık.

Hesabı ödedikten sonra ikimiz de evimize doğru hareket ettik. Saat akşam 10 olmuştu.

Onu eve bıraktım, alnından öptüm, sıkıca sarıldım, kayınvalidemle tanıştım ve ayrılmak için izin aldım.

Gitme vakti gelmişti. Kalbim kırık bir şekilde aşkımdan ayrıldım. Trenle Delhi'ye, oradan da sabah uçağıyla Bangalore'a gittim.

İş yerime dönüyor olsam da kan pompalayan organım olmadan. Kalbimi Kriti'ye bıraktım. Kalbimin yerine, boşluk gözyaşlarıyla doldu.

"Ayrılmak her zaman zordur ama bazen daha iyi bir zaman için bunu yapmak zorundayız."

Ofisime döndüm, eski rutinime geri döndüm. Bir yandan telefonla konuşmaya devam ediyorduk, bir yandan da ailelerimiz evlilik hazırlıkları ve alışverişle meşguldü. Günler geçip gitti.

DÜĞÜN GÜNÜ

Evlilik ayı olan Haziran'ın ikinci haftasının sonuydu. Akrabalar ve arkadaşlar evlerimizde toplanmaya başlamıştı. Ortam şen şakraktı. Her yerde sohbet sesleri, kahkahalar, şakalar duyabiliyordunuz. On sekiz Haziran'da düğün vardı, ben de alışveriş yapmak ve diğer işlerde babama yardımcı olmak için bir hafta öncesinden memleketime ulaştım. Ben tek erkek evlat olduğum için hazırlıklar büyük ölçekteydi.

Düğün gününden bir gün önce Haridwar'a ulaştık. Hepimiz kendi otelimize yerleşmiştik. Gergindim, aynı zamanda hayallerimin gerçekleştiğini gördüğüm için çok heyecanlıydım. Sadece birkaç saat kalmıştı ve o benim olacaktı. Tüm ritüeller devam ediyordu. Ritüeller ertesi gün sabaha kadar devam edecekti. Hinduizm'de evliliğin tamamlanması gereken birçok ruhani inanç vardır. Eğer uygun ritüelleri tamamlamadan evlenirseniz, o evliliğin ya uzun süre devam etmeyeceğine ya da çiftler arasında hayatları boyunca bir sorun olacağına inanıyoruz.

(Aklımda hep tek bir şey vardı. Tahmin ettin mi? Beni yakaladın, doğru!! Kriti'ydi.)

Ertesi gün akşam, Rajasthani pagri ile geleneksel Hint sherwani giydim ve zamanında hazırlandım. Beyaz bir atın üzerine oturdum, tüm akrabalarım önde dans ediyordu ve tüm topluluk "Evlilik alayı veya baaraat" dediğimiz şeyi yapıyordu.

(Damadın at üzerinde evliliğin gerçekleşeceği yere gittiği bir Hint geleneğidir)

Hepimiz düğün yerine ulaşmıştık. Kriti'nin tarafındaki herkes kapıda duruyordu ve kesilecek bir kurdele vardı. Kurdele kesme töreni tamamlandıktan ve damat ile akrabaları karşılandıktan sonra. Hepimiz içeri girdik ve ben sahneye doğru yürüyordum. Sahneye oturdum ve çaresizce aşkımın gelip yanıma oturmasını bekliyordum. Hayatımın son günü ve en önemli günüydü. Yaklaşık yarım saat sonra, aşkımı pembe lehenga içinde, güzelce oyulmuş ve yüzünde hafif bir makyajla görebiliyordum. Muhteşem görünüyordu. Sürekli bana yaklaştığını görüyordum.

İlk basamağa yaklaştığında sahnenin altında birkaç basamak vardı. Ayağa kalktım ve basamakları çıkabilmesi için elimi tutması için ona uzattım. Elini uzattığı anda göz göze geldik. Beni deli eden o güzel ışıltılı gözleri görebiliyordum. Neyse, yanıma oturdu, herkes geliyor, fotoğraf çekiyor, gülümsüyordu.

Çelenkleri taktık ve evlilik tavaflarının yapılacağı alana gittik.

(Hindu Düğünü'nün en önemli özelliklerinden biri olan saat phere, Vedik mantralar eşliğinde yakılan kutsal bir ateşin etrafında yedi tur atılmasını içeriyor).

Gelin ve damat kutsanmış ateşin etrafında yedi kez tavaf eder ve her turda belirli yeminleri okurlar. Kutsal ateşin huzurunda verilen sözler bozulamaz olarak kabul edilir ve Agni-deva çiftin birlikteliğine hem tanıklık eder hem de kutsar. Yapılan her tavafın özel bir anlamı vardır.

Sabahın erken saatiydi, saat 4'tü, ayrılma zamanıydı (Bir kızın ailesinden ve arkadaşlarından ayrılması ve hayatının geri kalanı için yepyeni bir dünyaya, yeni insanlara, yeni bir aileye girmesi için en üzücü zamanlardan biri).

Herkes ağlıyor, Kriti'ye teker teker sarılıyor ve onları görüyordu. Benim de gözlerim yaşardı. Ailesine ona iyi bakacaklarına dair güvence verdim.

(ikisi de boşanmıştı ama o sırada ikisi de oradaydı).

Arabaya oturduk ve düğün yerine oldukça yakın olan otelimize doğru hareket ettik. Birlikte uyumama izin verilmedi (Bu bir Hint geleneğidir, bazı ritüellerden sonra sadece damadın bir yatakta uyumasına izin verilir), bu yüzden farklı odalarda uyuduk. İkimiz de oldukça yorgun olmamıza rağmen kıyafetlerimizi değiştirdik ve yatağa uzanır uzanmaz derin bir uykuya daldık.

Ertesi gün herkes bizi karşıladı, kalan ritüellerin bazılarını birlikte tamamladık, öğleden sonra hepimiz memlekete dönmek zorundaydık.

Böylece, ailesiyle tanıştıktan sonra hepimiz evime doğru yola çıktık.

BALAYI DÖNEMI

Vaishno Devi sayesinde hayallerim gerçekleşti, bu yüzden her zaman hayatımın yeni bölümüne onun kutsamalarıyla başlamak istedim. Kriti'nin de ona güçlü bir inancı vardı, bu yüzden Vaishno Devi tapınağını ziyaret etmeye karar verdik. Vaishno Mata'nın kutsamalarını almadan önce birbirimize yaklaşmayacağımız konusunda da anlaştık.

Evliliğimizden üç gün sonra Hindistan'ın Jammu ve Keşmir Eyaleti'ndeki Vaishno Devi tapınağına gittik. Tapınakta ibadet ederken kurta ve Patiala şalvar giymiş, tipik bir Pencap kızı görünümünde, başını dupatta ile örtmüş, kalın pembemsi dudaklarında parlayan dudak parlatıcısı, alnında sindoor ile yanımda duruyordu. Ne kadar muhteşem göründüğünü anlatamam bile. Güzelliği insanın aklını başından alacak kadar etkileyiciydi. Yolculuğumuz boyunca bol bol fotoğraf çektik ve her anın tadını çıkardık. Türbeyi ziyaret ettikten sonra, güzel evime iyi niyetle geri döndük ve orada 3 gün kaldık çünkü bundan sonra onun için sürpriz olan farklı bir planım vardı. Uçağımıza binene kadar nereye uçtuğumuz hakkında hiçbir fikri yoktu.

(Hadi ama çocuklar bu benim balayımdı, bu yüzden bir haftalık bir gezi planladım)

Evlenmeden önce bir şekilde pasaportunu almayı başarmıştım, yani zaten yanımdaydı. Düğünümüzden önce uçuşlar, oteller, vize ve diğer düzenlemeler için gerekli tüm rezervasyonları yapmıştım.

(Ki Kriti bu konuda hiçbir şey bilmiyordu)

27 Haziran'da Bangalore'dan balayı uçuşumuz vardı. 25 Haziran'da Kriti'ye bavulları toplamasını ve bu gece Bangalore'a hareket edeceğimizi söyledim.

O da dedi ki: Tamam!!

(Sessizce çantalarımızı toplamaya başladı).

O gece uçağa bindik ve Bangalore'a ulaştık. Evimize girdiğimizde saat sabahın üçüydü çünkü evimiz Bangalore Uluslararası havaalanına 70 km uzaklıktaydı. İkimiz de çok yorgunduk, bu yüzden uyuduk. Ertesi gün ikimiz de sabahın geç saatlerinde uyandık. Bangalore'daki rüya evimizde, daha ilk günden rutin ev işlerine başlamasına nasıl izin verebilirdim?

Ben söyledim: Sevgilim!! Sen sadece rahatla. Bugün senin için lezzetli yemekler hazırlayacağım. Mutlu bir şekilde banyo yapmaya ve hazırlanmaya gitti. Öğle yemeği vakti gelmişti, ben de yemek yapmaya başladım. Onun en sevdiği yemeği biliyordum.

(Çocuklar!! Ben gerçekten iyi bir aşçıyım. Yemek yapmak benim tutkum.)

Fasulye-Pirinç (Rajma- Chawal) için deli oluyordu.

Ben de aynısını pişirdim. O hazırlandıktan sonra, ona bir porsiyon yemek servis ettim ve hevesle yemesini bekledim.

Birden sordu: Hey! Tabağın nerede?

Ben de cevap verdim: Hayır, önce sen ye, sonra ben kendiminkini getireceğim.

Dedi ki: Tamam dedi ve bir ısırık aldı.

(Yüz ifadesi tamamen değişti, aniden bağırdı).

Kriti: Oh! Aman Tanrım! Ankit, bu çok lezzetli. Fena değil! Senin de mükemmel bir aşçı olduğunu bilmiyordum. Çok güzel. Seni seviyorum!

Cevap verdim: Beğendiğine sevindim. (Yaramaz bir şekilde konuşmamı daha da uzattı ve şöyle dedi).

Madam, çok yakında gizli yeteneklerimi öğreneceksiniz. Başka birçok şeyde de iyiyimdir, tatlım.

(Sol gözümü kırpıştırdım ve kurnazca gülümsedim).

(İkisi de güldü)

Öğle yemeğimizi yedikten sonra bavulları açmaya başladı. Onu durdurdum ve bunu yapmamasını söyledim.

(Şaşırarak) sordu: Neden?

Cevap verdim: Canım, seni bekleyen bir sürpriz daha var. Biz balayına gidiyoruz. Yarın sabah erkenden uçağımız var.

O sordu (Hevesle): Ne? Nereye gidiyoruz?

Cevap verdim: Bu senin için bir sürpriz, ama seni temin ederim ki oraya bayılacaksın ve bir haftalığına gidiyoruz.

O (Şok oldu): Bir haftalığına mı? Lütfen bana nereye gittiğimizi söyle?

Dedim ki: Özür dilerim!! Ben de bilmiyorum, benim için de sürpriz oldu.

(Güldü ve odaya girip hazırlıklarımı yaptı).

Daha sonra, özel gecemiz için odayı dekore etmek üzere otele e-posta gönderdim. Otelden çok geçmeden cevap geldi, endişelenmeyin, ilk balayı gecemiz için size ücretsiz pasta ve şarap da vereceğiz. Ayrıca odamı ücretsiz olarak Balayı premier süitine yükselttiler.

Otele daha sonra cevap verdim ve nazik jestleri için teşekkür ettim.

(Oldukça heyecanlıydım ve Kriti'nin tepkilerini görmek istiyordum. Tüm bunlar için beni öldüreceğini biliyorum ama aynı zamanda hayatın gerçek keyfi sevgili eşinizin gözlerindeki gerçek mutluluğu görmektir).

Kriti de eşyaları toplamakla meşguldü. Ona balayımız için seksi ve ateşli elbiseler almasını söyledim.

(Ciddi bir bakış attı ve sonra güldü).

Bu sevimli gülümsemeyi tekrar tekrar görmek için bir sürü çılgınca şey yaşıyor ve yapıyordum.

(Sadece Kriti'yi izliyor ve düşünüyordum).

Gün boyunca Kriti bana birkaç kez balayımız için nereye gideceğimizi sordu. Her yolu denemesine rağmen adını söylemedim.

(Sonuçta sürprizimi bozmak kolay değil, bunun için gerçekten çok çalıştım).

Akşam yemeğimizi yedikten sonra kendimizi yolculuk için hazırladık. Hiçbir şeyi unutmamak için listeyi çapraz kontrol ettik.

Gece on sularında taksiyi çağırdık ve havaalanına doğru hareket ettik, havaalanına ulaşmak yaklaşık bir buçuk saatten fazla sürecekti. Bizimki sabahın erken saatlerinde, saat 4'te bir uçuştu.

Uluslararası uçuşlar için, planlanan kalkıştan en az üç saat önce check-in kontuarında olmamız gerekiyor.

Böylece havaalanına ulaştık ve havaalanı terminaline girdik. Bu zamana kadar Kriti'nin nereye gittiğimiz hakkında hiçbir fikri yoktu ve gideceğimiz yerin adını öğrenmek için can attığını görebiliyordum.

(Ben sadece mutlu bir şekilde anın tadını çıkarıyordum.)

Check-in kontuarında sırada beklerken, ekranda "Kontuar açık - Singapur" yazdığını gördü.

Sevinçle bana sordu: Ankit!! Singapur'a mı gidiyoruz?

Ben de cevap verdim: Evet! Tatlım!! Hayalindeki yer olduğunu biliyorum, bu yüzden balayımız için planladık.

Kriti: (Gülüyor, heyecanlı). Bana sarıldı ve teşekkür etti!!

(O andan sonra gülüyordu, tweet atıyordu, çok mutluydu).

Check-in, Göçmenlik ve güvenlik işlemlerimizi tamamladık ve biniş kapımızın yanına oturduk. Uçağa biniş yaklaşık bir saat sonra başlayacaktı.

Mutlu bir şekilde fotoğraf çekerek zaman geçiriyordu.

(Kızlar selfie çekmeyi çok seviyor, değil mi?)

Uçağa bindik, çok heyecanlıydı çünkü seyahat etmeyi seviyordu ve bu onun ilk uluslararası seyahatiydi. Uçuş deneyimi rahat koltuklar, uçakta mevcut iyi eğlence, lezzetli yemekler ile mükemmeldi.

(Dört buçuk saatlik bir uçuştan bundan daha iyi ne beklenebilir ki?)

Teşekkürler, Singapur havayolları!!!

Singapur'a indiğimizde saat sabahın dokuzuydu. Ülkenin saat dilimi Hindistan'dan iki buçuk saat ileride.

Göçmenlik ve gümrük işlemlerini hallettikten sonra havaalanından çıkıp bir taksiye bindik ve otelimize ulaştık. Otele giriş yaptık ve odamıza geldik. İlk olarak, otel Singapur'un en iyi konumunda yer alan beş yıldız kategorisindeydi.

Kriti oteli çok sevdi, daha da ötesi balayı süitimize tamamen aşık oldu. İkimiz de tazelendik,

Ona söyledim: Kriti acıkmış olmalısın, hazırlan kahvaltıya gideceğiz.

Cevap verdi: (yorgun) Lütfen bir süre sonra odaya kahvaltı sipariş edebilir misin? Dışarı çıkacak havada değilim.

(Daha sonra tamamen farklı bir duygu içinde olduğunu öğrendim. haha)

Cevap verdim: (arsızca). O zaman ruh halin nasıl sevgilim?

(Göz kırptı ve güldü)

Konuştu (utanarak): Ahem!! şey, banyo yapma havasındayım.

(Az önce konuştu ve banyoya girdi).

Yine de bir şeylerin şüpheli olduğunu hissedebiliyorum. (Her neyse, orada ne vardı, benim için faydalı olacağını biliyorum).

Televizyon izliyordum, birden Kriti bağırdı: Ankit!! Ankit!!

Banyoya doğru koştum ve kapının açık olduğunu gördüm.

(Kriti'nin bilerek açık tuttuğuna inanıyorum.)

Banyoya girer girmez kapıyı kapattı ve üzerine sadece bir havlu örttü. İki elimden tuttu ve beni duvara doğru itti.

Gözlerinin içine baktım (Fısıldayarak): Kriti!! Ne yapıyorsun? Lütfen bunu yapma.

(Gözlerindeki keskin arzu okyanusunu görebiliyordum. Sanki yüz yıllık sessiz bir volkan yeniden harekete geçmiş ve her an patlayacakmış gibi görünüyordu).

İşaret parmağını dudaklarımın üzerinde tutarak konuşmamı engelledi ve beni duşun içine iterek havlusunu çıkardı. Tamamen boştum, duyarsız bir şekilde akışa bırakmıştım kendimi. Hayalimdeki kız karşımda çırılçıplak duruyordu, güzelliği baş edilemeyecek kadar ateşliydi. Tanrı ona muhteşem kıvrımlı ve seksi bir vücut armağan etmişti. Vücudunun her santimi güzelce oyulmuş, iyi şekillendirilmiş ve tasarlanmıştı. Çok açık ten, uzun ipeksi tüyler, inanılmaz yumuşak süt gibi bir cilt. Tamamen onun içinde kaybolmuştum.

Vücuduma masaj yapmaya başladı, yanaklarıma dokundu ve beni dudaklarımdan öptü, sonra daha tutkulu bir şekilde, kısa sürede kıyafetlerim çıktı.

Ben de onu sıkıca kavradım, yumuşak yerlerini ezmeye başladım. Birden fısıldadı: Ankit!! Yumuşakça. Hiçbir yere kaçmıyorum.

(Ben biraz vahşi ve sertim.)

Duş açıktı, altında tutkuyla öpüşüyorduk. Onu tüm vücudundan öpmeye başladım.

Bu öpüşme seansı yaklaşık yarım saat sürdü. Her ikisi de çok azgındı, dudaklarımız tamamen kırmızıydı, boynunda, göğüslerinde, karnında, iç uyluklarında birkaç aşk ısırığı görebiliyorum. Sevişirken biraz vahşi ve kaba olduğumu fark ettim.

Küveti ılık suyla doldurdum, ikimiz de küvetin içinde tutkuyla sevişiyorduk, ilk sevişme seansımız yaklaşık iki saat sürdü ve kanlı kırmızı suyla sona erdi.

Sonunda banyonun içinde bekaretini kaybetti.

Banyo yaptıktan sonra kahvaltımızı yaptık, bütün gün odanın içinde vahşi maceralarla doluydu.

Bütün gün ve gece yemek yiyor ve sevişiyorduk. Ertesi sabah birlikte banyo yaptık ve gezmeye gittik. Sonraki hafta boyunca günlük rutinimiz buydu.

Süitin her yerinde öpüştük, banyoda, koltukta, masada, yatakta, almirah'ta, o odada bıraktığımız tek bir yer bile yoktu.

Singapur'dan daha fazla diyebilirim ki o hafta boyunca sevişme seanslarımızdan ve konforlu odamızdan çok keyif aldık. Haftanın sonunda tüm vücudumda enerji eksikliği vardı ve dinlenerek gücümü yeniden kazanmak istiyordum.

(Tüm enerjimi Kriti'ye harcadım, ne de olsa eşiniz baş edemeyeceğiniz kadar ateşliyken kendinizi nasıl durdurabilirsiniz ki)

"Harika seks her zaman tutkulu aşkın ödüllendirilmiş sonucudur."

Kriti ve ben balayımızın tadını çıkardık, mükemmel anılarla geri döndük.

Bu seyahatten sonra Kriti beni daha çok sevmeye başladı ve davranışlarının değiştiğini gördü. Bana karşı daha şefkatli ve sevgi dolu oldu. Günler mutlulukla geçip gitti.

RÜYA YOK EDILDI

Ağustos ayıydı, balayımızdan tam iki ay sonra Kriti'nin uykusuzluk çektiğini fark ettim. İki ya da üç gündür sürekli uyumuyordu.

İlk etapta gündüz uyuyor olabileceğini düşündüm ve bunu görmezden geldim. Ancak birkaç gün sonra bunun yavaş yavaş davranışlarını da etkilediğini fark ettim.

Her zaman uyuşuk görünüyordu, gözlerinin altında koyu halkalar oluşuyordu, çok çabuk sinirleniyordu, sessizleşiyordu.

Sonra bir akşam onunla oturdum ve kibarca sordum: Neyin var canım? Herhangi bir sorunun var mı?

Başlangıçta direndi ve hiçbir şey söylemedi.

Tekrar tekrar sordum, sonra söyledi: Ankit!! En iyi arkadaşımın kocasıyla ciddi sorunları var ve boşanıyorlar.

Bu beni çok şaşırttı ve çocukluğumda gördüğüm ebeveynlerimin boşanmasının ve kavgalarının tüm kirli geçmişi önüme geldi. Şu anda seninle çok mutluyum ama başımıza yanlış bir şey gelirse ne yaparım diye korkuyorum. Sana tamamen güveniyorum. Kaderime güvenmiyorum. Ne zaman mutluluğu yakalasam, kısa sürede elimden alındı. Şimdiye kadar geçirmek zorunda kaldığım hayatım sıkıntılar ve üzüntülerle doluydu. Bu yüzden en iyi arkadaşlarımın sorunları ortaya çıktığından beri bunu düşünmeye devam ettim. Sadece korktum.

(İki elimle yanaklarını tuttum, dizlerimin üzerine oturdum.)

Dedim ki: Tatlım!! Seni elde etmek için ne kadar çaba sarf ettiğimi biliyorsun. Seni gerçekten çok seviyorum ve ne pahasına olursa olsun her zaman yanında olacağım. Zaten seni kaybetmeyi göze alamam. Hayatımızı birlikte zarif bir şekilde yaşamalıyız, sadece harcamak zorunda değiliz.

O yüzden rahatla ve fazla düşünme. Yanlış bir şey olmayacak.

O devam etti: Ankit! Bir şey daha!! (Bir süre tam sessizlik)

İki ay üst üste adet görmedim, ne yapmalıyım?

Dedim ki: Merak etme canım, sen hazırlan biz hastaneye kontrole gidiyoruz." Hazırlandı ve evimden çok da uzakta olmayan tanınmış bir çok uzmanlık hastanesine gittik. O hastanede yönetici olan arkadaşımı aradım ve Kriti için jinekologdan randevu almasını söyledim.

Arkadaşım bana dedi ki: Tamam patron! Sabah on bir gibi orada ol. Ben bir randevu ayarlayacağım ve her şeyi hazırlayacağım.

(Ona teşekkür ettim ve telefonu kapattım)

Saat tam on birde hastaneye vardık. Arkadaşım Anjali bizi doktorun odasına götürdü. Kriti içeri girdi ve doktor onu değerlendirip bazı testler yaptı. Aynı binanın bodrum katında bulunan laboratuvara idrar ve kan örnekleri verdi.

Teknisyen raporları bir saat içinde almamızı söyledi. Üçümüz de bir şeyler yemek ve bir saat kadar sohbet etmek için kafeteryaya gittik.

Tekrar raporların toplanması gereken laboratuvar bankosuna gittik.

Anjali raporları topladı ve bana teslim etti. Raporları gördüm ve onlara anlattım. Bir şey dışında her şey normaldi.

(İkisi de merakla bakıyordu).

Kriti sordu: Ne?

Cevap verdim (Birkaç saniye sessiz kaldı): (Mutluluktan zıpladı), Canım; iki ay dört günlük hamilesin.

(Ona sarıldım)

O (şok): Ne?

(Bu haberden pek heyecanlanmamış gibi göründüğünü görebiliyorum)

Anjali heyecanlı ve çok mutlu görünüyordu ve bizi tebrik etti.

Hepimiz tekrar doktora gittik ve raporları gördük. Danışmanlık yaparken jinekoloğa bu çocuğu istemediğimi söyledi.

(Ben şok olmuştum ve sessizce onu dinliyordum).

Ayrıca, başka bir Kriti doğurmak istemiyorum diye devam etti.

(Bir yerde neden böyle söylediğini biliyorum. Eğer ayrılırsak kendisine ve çocuğa ne olacağından korkuyordu). Doktor da bunu anladı ve sanırım ona bazı ilaçlar verdi ve onu psikiyatriste yönlendirdi.

(Uykusunu da düzgün alamıyordu).

Doktor ayrıca bize ikinizin de bu hamileliği sürdürmek mi yoksa aldırmak mı istediğinizi bir hafta içinde tartışıp tekrar gelebileceğinizi söyledi.

Aynı hastanede bir psikiyatristle görüşmeye gittik. O doktorun odasına girdi, ben de dışarıda oturmuş Anjali ile konuşuyordum (Anjali her zaman bizimleydi).

Psikiyatrist ona iki saat boyunca danışmanlık yaptı ve sonra dışarıda beklemesini isteyip beni içeri çağırdı.

O söyledi: Dr. Ankit!! Bunu söylediğim için üzgünüm!! "Dengesiz duygusal bipolar kişilik bozukluğu" geliştirmiş.

Bu durum oldukça tehlikelidir. Ayrıca, bu durumda hasta her zaman hayal dünyasındadır ve buna göre düşünür ve sonuçlandırır. Hasta gerçeği görmez. Onu yalnız bırakmayın, kendine zarar verebilir. Çünkü intihar düşünceleri var. En iyisi onu haftada iki kez danışmanlık seanslarına getirin.

Dedim ki: Tamam doktor

(Doktorun odasından çıktım ve psikiyatrist tarafından yazılan danışmanlık notlarını okumaya başladım. Arkadaşının boşanmasından son derece rahatsız olduğu ve anne babasının başına gelenlerin kendi başına da gelebileceğine dair keskin bir algıya sahip olduğu sonucuna vardım)

Tüm ilaçlarını aldım, Anjali'ye teşekkür edip sarıldım ve sevgili eşimle birlikte eve döndüm.

Ondan sonra, küçük şeyler için bile daha bilinçli ve ilgili olmaya başladım. Böylece hızla iyileşti.

En yakın arkadaşından da bir süre onu aramamasını rica ettim.

Ona gerçekten çok iyi baktım ve hamileliği konusunda çok fazla stres yapmamasını söyledim.

Eğer istemiyorsa, kürtaj yaptırabiliriz. Vereceği karar ne olursa olsun, ben senin yanındayım.

İlaçlarını verdim, o dinlenmeye gitti, ben de işime gittim.

İki gün iyi geçti. Üçüncü gün sabahı (doktor ziyaretimizin olduğu günden itibaren)

Pazar günüydü, ben de evdeydim.

Yanıma oturdu ve konuşmaya başladı: Biliyorum Ankit!! Seni çok incitiyorum, gerçekten çok üzgünüm! Şu anda anne olmaya hazırım.

Ben de cevap verdim: Beni hiç incitmiyorsun.

Eğer istemiyorsan, yarın hastaneye gideriz ve doktordan çocuğu aldırmasını isteriz. Benim için eşimin mutluluğu birincil önceliktir.

(Kalbim gözyaşlarıyla dolsa ve umutsuzluğa kapılsam da aşkım için kendimi kontrol ettim)

Ertesi gün sabah hastaneye gittik ve jinekologla tanıştık

ve ona kararımızı anlattık. Onu iyice muayene etti ve bana ilaçla hamileliği sonlandıramayacağımızı söyledi. Cerrahi kürtaj yaptırmak zorundayız. (Konuşmaya devam ediyor). Size söylemekten korkuyorum ki o çok zayıf ve eğer cerrahi prosedürlere başvurursak bu onun için ölümcül olabilir.

(Açıkçası, şimdi Kriti için korkuyordum. Onun için her şeyi yapabilirim ve ne pahasına olursa olsun onu kaybetmek istemiyorum).

Onu teselli etmeye ve bebeği doğurması için ikna etmeye başladım çünkü kürtaja gidersek bu onun için ölümcül olabilirdi. Gerçekten çok sinirlendi.

Doktor bana düşünmem için biraz daha zaman verdi. Eve geri döndük.

Bir sürü tartışma, ikna çabası oldu ama ne yazık ki aklında tehlikeli bir şey vardı. Çok inatçı oldu. Hiçbir şey anlayamıyordu.

İki gün sonra ikna etmeyi bıraktım ve ona ne yapmak istiyorsa onu yapmasını söyledim.

(Ona herhangi bir şekilde baskı yapmak istemiyorum çünkü ona yanlış bir şey yapmasından korkuyorum).

Ertesi gün öğleden sonra saat üç civarında ofise gittim. Her şey sağlıklı görünüyordu. Bugün gülümsüyordu, gülüyordu.

Akşam beş gibi onu aradım ve merakla ne yediğini sordum. Kendini nasıl hissediyor ve neler yapıyor?

Yaklaşık on dakika sohbet ettik.

İki saat sonra tekrar aradım. Telefon açılmadı. Birkaç kez aradım, zil çalıyordu. Hemen ofisimden yaklaşık üç kilometre uzaklıktaki evime doğru koştum.

(Bir şeylerin ters gittiğine dair bir sezgim vardı, sürekli Tanrı'ya dua ediyordum, lütfen sezgilerim yanlış çıksın diye).

Eve ulaştım ve zili çaldım, Kriti kapıyı açmamıştı. Yanımda ikinci bir anahtar vardı. Kapıyı açtığımda tamamen karanlıktı.

Tek bir ışık bile yanmıyordu. Işığı açtım ve yatak odasına girdim.

Tamamen boşluğa düştüm ve Kriti'nin yatakta bilinçsizce yattığını gördüğümde halının ayaklarımın altından süpürüldüğünü hissettim. Neredeyse yüzden fazla parasetamol tableti tüketmişti.

(muhtemelen çocuğu düşürmek için tükettiğine inanıyorum)

Duyularını kontrol ettim ve acil servisi aradım. Neyse ki ambulans evimin yanında hazırdı.

İş arkadaşlarımı da aramıştım, o sırada onlar karşı sokakta kalıyorlardı. Ambulans gelmişti, hepimiz Kriti'yi ambulansla hastaneye götürdük.

Anjali'yi aradım ve her şeyi anlattım,

O gün Anjali gece nöbetinde olduğu için şanslıydım. Kriti hemen acil servise götürüldü.

Bilinci tamamen kapalıydı. Parasetamol zehirlenmesiydi.

(Korkuyordum çünkü bu onun hayatı için ölümcül olabilirdi. Parasetamol aşırı dozda alındığında karaciğer yetmezliğine neden olabilir. Onu zamanında hastaneye getirdiğim için kendimi ikna ediyordum, bu yüzden yanlış bir şey olmayacaktı).

Acil bir prosedür uygulandıktan sonra yoğun bakıma alındı, hepimiz endişeliydik çünkü midesi temizlendikten sonra hala bilinci kapalıydı. Sonraki üç gün yoğun bakımda kaldı, maalesef hala bilinci kapalıydı.

(Şimdi bu durum beni gerçekten çok endişelendiriyor. Başından beri kendimi pozitif tuttum ve Tanrı'ya dua ettim).

Acil servis doktorları da sürekli olarak onun sağlığını takip ediyordu ve daha sonra karaciğer sağlığını kontrol etmek için karaciğer fonksiyon testine gitmeye karar verdiler. Rapor geldiğinde, karaciğerinin iltihaplandığını ve neredeyse çalışmayı durdurduğunu görünce hepimiz şok olduk. Tamamen iflas aşamasına gelmişti.

Doktorlar akşam beni aradılar ve eğer hayatını kurtarmak istiyorsak derhal karaciğer nakli yapmamız gerektiğini söylediler.

Ayrıca eklediler, şimdi önemli bir sorun karaciğeri kimin bağışlayacağı?

Hemen söyledim: Karaciğerimi bağışlayacağım. Lütfen prosedürü başlatın, hiçbir şey için endişelenmeyin. Benim tam onayımı aldınız.

Ben sordum: Doktor, fetüs ne olacak?

Doktor bey: Üzgünüm, efendim!! Gebelik aşırı dozda ilaç nedeniyle sonlandı.

(Bu haber yarama tuz basmak gibi bir işe yaradı)

Ertesi gün sabah, hepimiz karaciğer nakli ameliyatı için hazırlanmakla meşguldük, aniden hemşire yanımda duran doktora doğru koştu ve Kriti'nin yanıt vermediğini söyledi.

(Daha cümlesini bile tamamlamamıştı, hepimiz Kriti'nin yoğun bakım ünitesindeki yatağına doğru koştuk).

Herkes onu hayata döndürmeye çalışıyordu çünkü tepki vermeyi tamamen bırakmıştı, ellerinden gelenin en iyisini yapmaya çalıştılar. Ne yazık ki onu hayatta tutamadılar. O artık yoktu.

Bu hayatımın en büyük kabusuydu; son yetmiş iki saat içinde aşkımı, hayatımı, doğmamış çocuğumu, her şeyimi kaybettim.

Tamamen şok olmuş bir haldeydim ve yıkılmıştım. Tamamen bomboştum, hiçbir şey anlayamıyordum.

Gözlerim kurumuştu, konuşamıyordum.

Hala yaralarım sarılmadı, onu çok sevmiştim, kaybettim.

"Umarım okurken keyif almışsınızdır!!! "

YAZAR HAKKINDA

Dr. Ankit Bhargava (PT) Hindistan'da Ortopedi ve Spor fizyoterapisi alanında uzmanlaşmış ünlü bir Fizyoterapist ve Fitness Uzmanıdır. Kendisi aynı zamanda Akademisyen, Araştırmacı, You-tuber, Blogger, Yazar, Girişimci ve AB Healthcare & ABHIAHS'ın Kurucusu ve Direktörü olan çok yetenekli bir kişidir. Kendisine geri bildirim, öneri, danışma ve randevu için şu adresten ulaşabilirsiniz

www.abhiahs.com,

E-posta kimliği: abhealthcare01@gmail.com

Instagram kimliği: drankitb_official

www.ingramcontent.com/pod-product-compliance
Lightning Source LLC
LaVergne TN
LVHW041543070526
838199LV00046B/1813